U0123996

偶陶畫戲

潮汕彩繪翁仔屏泥塑展

Painted Earthenware Theatrical Figures
Folk Painted Figurines of Chaozhou and Shantou

國立歷史博物館
National Museum of History

目 錄
CONTENTS

▌序

　　臺灣是個多元族群融合的社會，而自明清以來，由中國大陸來台的移民後裔，由於閩南人佔多數，形成了今日我們熟悉的語言與傳統文化的主體。但來自粵省的客家族群，雖然人數較少，亦保存著深具特色的生活方式與文化，兩地的文化隨著閩南與客家族群的開墾遷移，逐漸遍布全島，並在悠長的歲月中逐漸融合，形塑了今日台灣文化的特殊風貌。

　　在工藝方面，潮州匠師，向與漳、泉並列齊驅，尤其傳統金漆木雕之美，冠為閩粵之首，其作品今日仍多有留存，惟國人多不能詳辨其起源。如台南水仙宮在清朝康熙年間營建時，便是聘請著名的潮州工匠前來建造，為潮州傳統建築藝術，在台留下美跡。而高屏地區自古流行迄今的皮影戲「潮調」，則遺留了潮劇風華。潮劇雖在今日的臺灣已屬罕見，但除潮汕地區之外，在東南亞的華人社群中，仍十分風行。而此次展出的潮汕彩繪翁仔屏泥塑，便可說是潮汕工藝與戲曲結合後，所產生的巧妙結晶。

　　來自潮州的彩繪陶塑，即所謂的「翁仔屏」，是盛行於當地的生活飾品，除了日常把玩或作為餽贈品，在廟宇祭祀慶典，更能與祭品一起上供桌，作為娛神的擺設。每一「屏」取自潮劇中的一幕，仿若劇照一般，人偶擺出戲齣唱曲中的身段，表情靈活，姿態生動，衣袍冠冕等細節，作功細緻，色彩瑰麗，盡顯匠師功底。

　　國立歷史博物館此次舉辦的「偶陶畫戲－潮汕彩繪翁仔屏泥塑展」，承蒙呂吟詩女士慷慨提供展品，使此次展出的作品數量達到空前的數百件，而論及展品的作工之精緻，與品項之多元，即使在今日的潮汕當地，都屬罕見。感謝陳奕愷教授，在翁仔屏上投注了大量調查與研究，並慨予指點，使我們對翁仔屏的發展淵源，及其所代表的潮汕戲曲文化，都有深入的認識，並賦予此次展覽豐富有趣的知識內涵。也感謝林保堯教授撰文引介，以及王麗嘉與沈海蓉兩位教授為此撰寫戲曲專文，希望讓觀眾能在欣賞潮汕泥偶時，也能了解其背後的文化傳承，以及藝術之美，並藉此激發出對傳統工藝、民俗戲曲的認同與興趣。

國立歷史博物館 館長

張譽騰

Preface
Painted Earthenware Theatrical Figures
-Folk Painted Figurines of Chaozhou and Shantou

Taiwan is a harmonious multi-racial society. However, since the Ming and Qing dynasty, the majority of immigrants from mainland China are descendants of the Minnan people. This has formed the bulk of the language and traditional culture that we are most familiar with these days-. However, although there were Hakka people who migrated from Guangdong province, they have preserved their distinctive way of life and culture. The cultures of these two places followed the migration of the Minnan and Hakka people, and gradually spread across the island. As the years passed, these cultures gradually fused together and shaped the unique Taiwanese culture of today.

Regarding craft, Chaozhou craftsmen stand alongside the crafts of Zhangzhou and Quanzhou. Traditional gold lacquer wood carving, in particular, is the most beautiful, and ranks number one in the Fujian and Guangdong provinces. Today, many of their works are still preserved, but most locals cannot discern the details of their origin. Just like the construction period of Tainan's Tsui-sian-kiong Temple in the Qing Dynasty Kangxi period, Chaozhou craftsmen were hired and brought here for the construction. Thus, traditional Chaozhou architectural art left its beautiful mark in Taiwan. The popular ancient shadow puppet show "Chao Diao" in the high Pingtung area has also become a legacy of glamorous Chaozhou opera. Although Chaozhou opera has become rare in Taiwan today, it still remains very popular outside the Chaoshan region among the Chinese communities in Southeast Asia. The Chaoshan painted Ang Gian Pian works exhibited this time can be considered as a ingenious product formed by the combination of Chaoshan crafts and opera.

The painted figurines from Chaozhou, also known as "Ang Gian Pian", is a type of popular local lifestyle accessories. They can be played with, sent as gifts, or used in ritual celebrations at temples. They can also be placed with other offerings on altar tables to please the gods. Every "Pian" (screen) comes from a scene in Chaozhou opera. Like a still, the figurines display postures of singing songs. Their lively expressions, vivid gestures, detailed robes and crowns all involve fine work and magnificent colors, displaying the crafts men's skills.

Much appreciation goes to Ms. Lu Yin-Shi for her generosity in providing the exhibit items for this " Painted Earthenware Theatrical Figures-Folk Painted Figurines of Chaozhou and Shantou" by the National Museum of History, thus allowing hundreds of these exhibits to be unprecedentedly displayed. The exquisite workmanship and variety of the items are considered rare even in today's local Chaoshan region. I would like to thank Professor Chen Yi Kai for his huge effort in researching Ang Gian Pian. His generous guidance also allows us to have a deeper understanding of the origins and development of Ang Gian Pian, and the Chaozhou opera culture that it represents. He has contributed greatly to the content of this exhibition by making it rich with knowledge and interesting. I would also like to thank Professor Lin Pao-Yao for writing the introduction text, and Professor Wang Li-Jia and Professor Shen Hairong for writing the special articles on opera. I hope that while the audiences are appreciating the Chaoshan painted figurines, they can also gain an understanding of the cultural heritage and the beauty of the arts at the same time, and thus stimulate their recognition and interests for traditional crafts and folk opera.

Director, National Museum of History

序

　　來自潮州文化的民間藝術『翁仔屏』其年代大都是從清代中葉到民國初年，距今已百年之久，人偶高 20 公分左右，五官表情十分傳神，表達戲曲故事的肢體動作，武功架勢無不靈活靈現，尤其丑角的造型俏皮風趣，看了讓人忍不住會心一笑，更深深的吸引我收藏的意願。

　　回顧典藏翁仔屏的歲月，至今已二十多年了，當初並不知作品出處的來源、及主題表現為何，直到西元 2000 年陳奕愷教授前往潮州田野調查，經過二年的追根查訪研究之後，終於得知來自潮州市潮安縣浮洋鎮大吳村。

　　作品都是經低溫燒不易保存，因有我們的收藏及維護，才不致淪落各角落及殘肢斷臂的處境。小人物背部有款印（商店名號）大都有『合』字，即是合購買者、饋贈者或受贈者的心意。當時作為節慶（過年、過節）或喜慶（結婚、生子、升官、祝壽）時饋贈的佳禮，或廟會期間拿來祭拜或展示用。

　　2003 年 11 月，這批人偶曾假高雄市立美術館舉行『潮汕彩繪泥塑特展』，但礙於當時的空間限制，僅展出 106 件的作品。這次承蒙國立歷史博物館館方的賞識，展出的數量更倍數以前，讓典藏作品有更完整的展現。

　　首先要感謝協助策展的陳奕愷教授、文物修復的王振安教授，戲曲學者王麗嘉教授和京劇名伶兼知名演員沈海蓉教授。透過他們的學術專業和劇場表演的實務，必將更深入淺出的為戲齣工藝做最好的推廣。

　　最後，謹向歷史博物館的張館長、高副館長及所有參與的館方同仁，致上十二萬分的謝意。

典藏者

呂吟詩

| Preface

"Ang Gian Pian" (翁仔屏) folk art of Chaozhou culture was popular from the middle of the Qing Dynasty to the early years of the Republic. It has been about 100 years since then. The figurines are about 20 cm tall with vivid facial expressions and body movements that tell the story of the opera. All of them are agile in their martial arts postures. This is especially so for the Chou (clown) character, which has a playful and cheeky style that makes people smile, and it was what deeply attracted me to keep one for collection.

It has already been more than 20 years to date since the review of the "Ang Gian Pian" collection. The source of the folk art and its theme were unknown back then, until the year 2000 when Professor Chen Yi-Kai went to Chaozhou to conduct field investigation. After two years of research involving evidence-tracing and research, he has finally traced the art back to Dawu Village, Fuyang Town, Chao'an County, Chaozhou City.

These works were made at low temperatures, and were therefore not easy to preserve. However, due to the effort we put into collecting and preserving, we managed to prevent the works from being scattered, lost, and disfigured. Most of these little figurines (with store numbers) have the word 『合』 'he' (meaning 'fit') printed on their backs, just like how they 'fit' the intentions of buyers, givers, or those receiving them as gifts. Back then, these figurines were the best gifts during festivals (such as New Year holidays) or celebrations (like marriages, new births, promotions, birthdays). They were also used by temples for worship or display purposes.

In November 2003, these figurines were displayed during the "Chaoshan Painted Clay Exhibition" at the Kaohsiung Museum of Fine Arts, but due to space limitations, only 106 of them were displayed. Thanks to the recognition of the National Museum of History, the number of works exhibited this time was many more times than the number exhibited previously, allowing this classic collection to be presented more completely.

Firstly, I would like to thank Professor Chen Yi-Kai for his curatorial assistance in this exhibition, Professor Wang Chen-An for the restoration of cultural relics, opera scholar Professor Wang Li-Jia, and Beijing opera star cum renowned actor Professor Shen Hairong. Through their academic and theater performance practices, it is possible to explain the profoundness of opera in simple terms. This is the best form of promotion for the art form.

Lastly, I would like to express our immense gratitude to the museum's Director Mr. Chang, Deputy Director Mrs. Kao, and the rest of the colleagues at the museum who have participated in this.

Collector

Lu, Yin-Shi

潮州民藝之美

　　潮州民藝之美，不為國人所重，就其因，在於真的不知，故而十餘年前，2003年11月至次年4月開啟的高雄市立美術館「潮汕彩繪-翁仔屏特展」，才首次讓人見及，令人頓時驚嘆不已，小小的人偶作工，千姿百變，確為美矣！之後，頓時又歸於沈寂，令有心者，真不捨矣！

　　潮州民間工藝，與漳、泉並列齊驅，為台灣移民以來，重要的三支傳統藝術標的，尤在傳統金漆木雕之美，冠為閩粵之首。奈何今日國人詳知甚少，僅知漳、泉傳藝之美，而忽略潮州之藝。細數觀之，台南水仙宮在清朝康熙五十四年（1715），擔任台灣水師左營遊擊的卓爾壇號召漳泉商旅集資重建之時，便是聘請著名的「潮州工匠」班底前來建造，以增豐彩，前後耗費四年始完工。這是潮州傳統建築藝術之美，在台一島重要的駐足證言。至於高屏地區古來流行的皮影戲「潮調」，就不需贅言了。

　　潮州彩繪陶塑，即所謂的「翁仔屏」，是一當地百年前盛行的生活飾品，可把玩，可餽贈，尤在廟宇祭祀慶典，是與祭品一起擺設在供桌的美麗飾品，有如臺灣常見的「看桌」。然而，重要的是，其人偶翁仔屏是隨廟會戲齣唱曲，作作其腰姿身段，因而各家匠師莫不使盡心力，極顯自家功底，故而一擺設在供桌上，優劣即見，顧知此為何是潮州重要的民間工藝代表了！事實也是官宦商賈門面了！

　　近年，大陸地方興起「非遺」的文化資產保護推動，竟達百餘年發展的潮州彩繪陶塑翁仔屏，是其當地最值珍惜首選登錄的項目之一。奈何地，在數十年的開發中，卻忘了此門民間藝術的珍貴，毫不吝惜的遺棄，走入消失中，今實已難以見及於村里聚落生活實境中，就是當地潮州市博物館（孔廟），或廣州市因亞運興建的極大型廣東省博物館內，也難以見及完整的全套戲齣人物的翁仔屏作品。

　　反觀今日本島，因於早年吉特利美術館的典藏，讓清末以來的當地翁仔屏民間工藝珍品，長留國內，永駐人間。故，今之展出，不僅讓當今我們細細品味分享，亦是吾輩善盡保護非遺的人類文明之責，且傳遞這道罕見的潮州民間工藝的非遺文資價值。

國立臺北藝術大學 名譽教授

林保堯

Preface
The Beauty of Chaozhou Folk Art

The beauty of Chaozhou folk art is not well-known by the locals. It was because of this reason that more than 10 years ago, the "Chaoshan painting, Ang Gian Pian Special Exhibition" was held at the Kaohsiung Fine Arts Museum from November 2003 till April the following year. It was the first time that the public got to see these little fine figurines, and they were blown away by their beauty and multiple variations. The sudden loss of interest in this art form after that was very sad for people dedicated to it.

Chaozhou folk art stands alongside art from Zhangzhou and Quanzhou to form the three important subjects of traditional arts since migrating to Taiwan. In particular, traditional gold lacquer wood carving is the most beautiful, and ranks number one in the Fujian and Guangdong provinces. It is regrettable that today locals only know about the beauty of Zhangzhou and Quanzhou arts, and know very little or even ignore the arts of Chaozhou. Here's an overview. During the Qing Dynasty Kangxi period Year 54 (1715), Mr. Zhuo Er Tan, who was the water guard station member at Zuoying, called together the businesses of Zhangzhou and Quanzhou to raise funds for the re-construction of Tainan's Tsui-sian-kiong Temple. They hired the famous "Chaozhou craftsmen" crew to build the temple. It took a total of four years till completion. This is the beauty of traditional Chaozhou architectural art, which became an important testimony on the island of Taiwan. As for the popular ancient shadow puppet show "Chao Diao" in the high Pingtung area, there is no need to elaborate.

"Ang Gian Pian", Chaozhou painted figurines, is a type of popular local lifestyle accessories from more than one hundred years ago, which can be played with or sent as gifts. It can also be used during ritual celebrations at temples, placed next to offerings on altar tables as beautiful decoration. This is just like the commonly-seen "table view" of Taiwan. However, most importantly, the Ang Gian Pian figurines were used for opera festivals at temples, made to showcase their exquisite waist figures. Therefore, most craftsmen took this opportunity to dedicate their utmost efforts to demonstrate their best. Once the work is presented on the altar table, one will understand why this is an important representation of Chaozhou folk art! It is actually also the facade of government officials and businessmen!

In recent years, the protection and promotion of intangible cultural heritage is on the rise in China. Ang Gian Pian, a type of Chaozhou painted figurines of more than 100 years, has been regarded as the first choice for the most valuable local item. Nonetheless, in the decades of development, it has been forgotten as a precious folk art, and has been constantly abandoned and faced with the threat of extinction. Today, it is difficult to see this work in the regular environments of village settlements. Even in Chaozhou City's local museum (Confucius Temple), or at Guangzhou City at the large city museum which was built for the Asian Games, it is still difficult to be able to see the full and complete Ang Gian Pian opera work with the complete characters.

On the other hand in Taiwan, due to the early collection by the museum here (吉特利美術館), local Ang Gian Pian folk art treasures have been preserved for a long time since the end of Qing Dynasty. Hence, the exhibition today not only lets us savor these works, but also to fulfill our responsibility in protecting intangible cultural heritage, and to pass on the intangible cultural heritage value of this rare Chaozhou folk art.

Professor Emeritus, Taipei National University of the Arts

Lin Pao-Yao

專文・Essays

潮汕「翁仔屏」調查及工藝特性

陳奕愷

致理科技大學多媒體設計系助理教授

一、前　言

　　2016 年 6 月國立歷史博物館推出「偶陶畫戲」特展，展出的標的物是來自潮汕地區、名叫為「翁仔屏」的戲齣陶塑工藝作品，關於這批作品所反映的潮劇戲齣文化，以及戲曲表演程式當中的身段科步等肢體展現，業已邀請到劇校出身的名伶、同時也曾紅極演藝界的沈海蓉教授，以及台灣傳統歌仔戲教學研究的王麗嘉教授等人另著有專文，是故，相關的課題筆者將不再贅述，僅就「翁仔屏」的調查與回顧，以及有關陶塑工藝的特性做一概述。

　　首先來看「翁仔屏」一詞，其讀寫等同於閩南語的「尪仔屏」，若以潮語口音則念為「ㄤ　ㄍㄧㄚ　ㄆㄧㄢ」或 "ANG GIAN PIAN"，其實就是指一屏一屏成對、或是成組為主題的陶偶人物作品。這種透過精巧而細緻的手法，來表現潮劇的陶塑人偶作品型態，主要是來自潮州市潮安縣浮洋鎮的大吳村，是個典型流傳於農村社會的民間陶塑工藝。類似的作品表現型態，筆者曾於二十多年前在鹿港、高雄等骨董店中見及，收藏家僅知是在很古老的年代，從粵東的潮州所流傳過來的民間藝術品，由此可見數百年以前，「翁仔屏」應該業已隨著先民的渡台而傳入，只是因保存不易而少見。回顧潮州文化對於台灣發展的影響，與泉州及漳州同為重要的文化淵源地，只是幾經時代的變遷與輪替，當回首再度來看潮州的藝術與文化，便有看似相識卻又有陌生之感。

　　論及本次特展中所見的「翁仔屏」，是在三十多年以前經過特殊的管道而流入台灣，悉數由高雄知名的吉特利美術館所典藏，只不過一開始各界對於這批藏品知之甚少，可知或可用的研究背景資料更是闕如。因應 2003 年高雄市立美術館，研擬針對該批典藏進行特展規劃[1]，於是筆者於 2001 年親赴潮州實地調察，當年事先將收藏品編輯成彩色版的圖錄，一邊走訪當地人、一邊請人辨識這些作品，結果發現到當地的年輕一代，看完之後幾乎已經不知為何物了。所幸來到浮洋鎮大吳村，找到了當地的耆老以及工作坊的遺址，才確認這是名為「翁仔屏」的古老戲齣工藝，而且典藏於高雄市吉特利美術館的作品，都是清末年間的重要精品，目前所見大多是文革結束、改革開放以後的新作，其藝術水平和工藝成就已經難與同日而語。

　　田野調查工作結束之後，隔年完成發表著作[2]，同時協助高雄市立美術館的策展工作。總計吉特立美術館收藏數量將近三百件，經過整理之下其中可以組合成對，或是成組的作品約計有九十組，至於可以明確辨識齣戲齣主題者將近四十

1　2003 年 11 月「潮汕彩繪翁仔屏特展」，高雄市立美術館
2　陳奕愷，《潮州民間陶塑－大吳翁仔屏》，台北：藝術家出版社，2004 年 5 月。

組，當然其中大多是戲齣的主題相似、只是出品的店號不同而已。配合高雄市立美術館的策展規劃，共挑選出二十三組具有戲齣題材的作品，連同獨立個別展示的陶偶共計一百四十多件。距離上次展出十多年以後的今天，在國立歷史博物館「偶陶畫戲」的特展中，則將更加擴大展出的規模與數量，可以說是吉特立美術館所典藏的精品盡出，而且還搭配各項推廣活動的規劃，是故相當值得期待的特展推出。

二、翁仔屏功能與機能

相信各位讀者與觀眾最感到好奇的問題，就是「翁仔屏」工藝的用途究竟為何。論及傳統工藝美術的功能與機能，除了最基本實用性的需求之外，當使用或出現在特定的時機與場合時，便是反映了該族群或地區性的生命禮俗。理論上工藝的功能屬性，是泛指一般日常生活的實用性，並以最舒適合用為取向，然而大吳村的「翁仔屏」作品，從其陶坏質地的鬆軟而易碎來看，絕對不可能將陶偶從木箱取出把玩，反而應該是以純欣賞擺飾的作用為主。回到「翁仔屏」最重要的功能便是最佳的家庭擺飾，姑且不論主題所展現的戲齣內容為何，就外在形式上所見的精巧人物，以及活靈活現的身段肢體美感來看，就已經可以滿足審美情趣和藝術生活的需求。是故「翁仔屏」的機能性，可以被定位在藉著陶塑藝術的玩賞，充實了視覺感官對藝術美感的品味與追求，實現日常生活上的精神滿足之價值。

但若從工藝的機能性來看「翁仔屏」，則有更豐富的文化生命可言，因為舉凡在特定的空間、場合、儀式或節慶之中才會出現，或是因應不同的風俗習慣之需求者，正是該項類型工藝所具備的特有機能性。大吳村「翁仔屏」的陶塑工藝，之所以盛行於潮州一帶的農村社會，最主要是和當地人的生命禮俗合而為一，故不論是結婚喜慶、昇遷祝壽等，「翁仔屏」都是最佳的饋贈與賀禮；同時在廟會期間的民俗活動之中，「翁仔屏」更成為祭典場合的最佳擺飾，也是善男信女爭相觀賞與標購回家的供品。是故「翁仔屏」不只是單純的家庭擺設，也非僅止於視覺性的感官滿足而已，最可貴者是在於特有的機能，並實際參與了民間廟會與民俗生活。

雖然浮洋鎮大吳村是這批陶塑工藝的創作生產地，但吉特利美術館所典藏的「翁仔屏」來源，卻是從大吳村的鄰近地區、也就是金石鎮的田頭村所蒐集而來，這個地方是古名為「仙圃寨」的核心地帶。至於「翁仔屏」會在集中在這個村落中出現，則又和當地「風雨聖者」的信仰，以及遶境、「擺社」的習俗相關。原來「翁仔屏」出現的場合，除了做為民間節慶饋贈的佳禮之外，另外最重要的場合是出現在村社裡的民間廟會，尤其每當廟會舉行的期間，「翁仔屏」便被提供做為祭拜與展示之用，這種方式或許和潮汕地區的「擺社」習俗有關。

考據「擺社」習俗的由來，較具體者是來自昆頭山村，傳聞每逢農曆正月十七日（即「上元」），在廣場中一排排井然有序的老式方桌上，便擺滿了村民們珍藏的古董書畫、雅瓷木雕、幽蘭盆塑，以及精心栽培的花木、盆花金桔；或有糖塔糖獅、巨鯉大雞，各色各樣精製的糕點、粿品、各式美味；還有鞭炮塔、煙花塔、琉璃燈飾、沖天巨香巨燭等等，這就是由來已久的「擺社」[3]。原來明朝末年當地陳氏的先祖，從福建遷居到此之後，各有陳、蔡、林、黃等二十三個姓氏居民陸續遷來，全村又分為東社、南社、西社、陳處地社、楊社、方社和蔡社等七社，為了促進各社之間的居民的交流與團結，於是定下每年的農曆正月十七日，在全寨的中心點之寬敞處進行「擺社」。

---

3 陳鵬飛，〈擺社〉，收於《潮汕民俗大觀》，汕頭：汕頭大學出版社，2000年11月，頁18。

至於在金石鎮田頭村之內有一座「仙圃寨風雨聖者廟」,當地俗稱為「老爺廟」,不僅是周圍十幾個村落的信仰中心,同時也是村民舉行廟會「擺社」,以及展示「翁仔屏」最主要的地點。關於「老爺」一詞,是潮州人對所有神祇的尊稱,從該廟中一舖重修復建的碑記之中,即可充分說明當地信仰與活動的梗概。所謂「風雨聖者」原名孫道者,是出生於揭陽縣的知名小神童,南宋孝宗淳熙 11 年(1184)正值潮州大旱,各級的地方官聯合在開元寺中設壇求雨,當時才十三歲的孫道者,也隨其兄長前去主持祭典。然而剛開始的祭祀祈禱一直沒有見效,後來其兄退讓由孫道者取代,大雨果然奏降而解除了旱情,於是造成了潮州城內的歡欣雷動之場面。此事回報朝廷之後,隔年欽派官員詔見,但是孫道者卻躲到寶峰山上,待欽官尋到山上時,他便鑽到塔旁的樟樹中道化成仙,僅遺留下頭髮和指甲在樹幹上。後來孝宗便下旨敕封孫道者為「風雨聖者」,民眾也坎伐這棵樟樹刻鑿神像,然後在寶峰山上立廟奉祀。恩於這個傳說典故,對於逢旱祈雨時特別應驗異常。

風雨聖者的信仰和三山國王均屬潮州本地的地方神祇,但是兩者相比之下,風雨聖者對台灣來說較為陌生,原因可能在於三山國王是潮州人和客家人的重要守護神,因此只要是來自這些籍貫的移民自然就會奉祀,所以在台灣有相當多的三山國王廟。至於風雨聖者雖然職司旱象甘霖的解救者,但在民間信仰的體系之中,已經有太多的神祇具備了類似的機能,故而未受重視或被早期移民傳入台灣。但不論如何,風雨聖者一直是潮州古仙圃寨重要的信仰依歸。

當地在清中葉以前並無風雨聖者的廟祀,到了清代嘉慶 3 年(1798)仙圃寨當地也鬧大旱,於是從浮洋鎮的斗門村,請來風雨聖者的金印與香火設壇求雨,後來亦獲天降甘霖而得救,但在回鑾的時候神示要駐駕在這裡,後來就在目前的位置建廟安身,並訂定每年的正月二十二日為神遊聖日,自從嘉慶 6 年(1801 年)開始至今,這個習俗已經有一百九十多年的歷史。

目前每年到了農曆正月的二十二日,便籌備舉行大廟會,廟會祭典開始之後,會將主神「風雨聖者」請入黃氏大宗祠供奉祭拜,然後利用夜間舉行遊神遶境的法事,其繞巡的範圍計有田頭村、辜厝村、南埔黃(隸屬辜厝村)、陳厝巷村、廠頭村、廖厝村、張厝巷村、黃厝巷村、賴厝村、上官路村等十個村社,這個範圍大致上就是古代仙圃寨的主要區域,當地人又別名為「大寨十村」,其面積約佔全金石鎮的三分之一。

就在這個時候陶塑匠師們均會應邀趕集製作精緻的「翁仔屏」,由出資的功德主捐獻給廟會主辦單位來擺置,並於廟會結束後提供為標售物,所得的金額全捐給廟會以積累功德福報。所以當祈安遶境與廟會祭典結束之後的活動高潮,便是「翁仔屏」的標售大會,凡是得標的人即可將「翁仔屏」帶回家裡擺設,以祈求來年的平安與興旺。至於參與製作的匠師們之收益何在?原來他們會藉著標售結束後的金額大小,彼此暗地裡較勁自己的技藝評價與作品身價,因為當地本來就盛行「翁仔屏」的饋贈禮俗,藉由標售大會的競技結果,無非就是想要打響名號,拓展未來一年的訂單與生意興隆。

三、大吳村踏查回顧

「翁仔屏」的產地大吳村,位於來往汕頭、潮州幹道(潮汕公路)之旁,是以吳姓宗親聚居的聚落為主,類似的例子還有田頭村的黃姓、辜厝村的辜姓、廖厝村的廖姓……等。不過根據《大吳吳氏族譜》的鄉勝所記,宋元時期大吳的

古名為「鳳書」，原來是有六個姓氏的住民[4]，依據現存的各氏宗祠遺址或記載來看，應該還有蔡姓、黃姓、林姓、高姓和莫姓等人混居，要到了清朝中葉以後，吳姓才族裔繁衍而成為大宗。

古代的大吳村是以「翁仔屏」而聞名，事實上筆者在走訪粵東潮汕其他地區時，也從當地的耆老口中得知「浮洋人仔」的名號，這個「浮洋人仔」其實就是大吳村的「翁仔屏」。根據村人吳克佳先生所提供的「手稿」指出[5]，當地的陶塑工藝品已經有七百多年的歷史，到了清朝末年至民國初年，是大吳村「翁仔屏」最昌盛的時期，當時全村的人口不到一千人，但是可知的優秀匠師就有一百多人，同時也都會有代表個別成就的響亮店號。

就吉特立美術館所典藏的作品之中，筆者將陶偶人物背後具有落款的商號彙整起來，共計有：「發合」、「瑞合」、「恩合」、「王合」、「元合」、「其合」、「泉合」、「勝合」、「福合」、「金記」、「福合」、「仁記」、「開合」、「欣合」、「嘉合」、「照合」、「增合」、「貳合」、「輝合」、「莫合」、「揚合」、「宜合」、「求合」、「取合」、「儀合」、「猷合」、「合昌」、「合合」、「東河」、「財記」、「德記」、「得記」、「盛記」、「成記」、「高記」、「列記」、「榮記」、「名記」、「建記」、「秀記」、「鴻記」、「昌記」等四十二處。當筆者將此一資料初稿交付吳克佳先生時，他表示有些名號已經是相當古老，甚至可以遠溯到清朝末年，其中較近代者是款識「東河」的吳東河老先生[6]，當年筆者親自拜訪時已經高齡九十多歲，至於其他名號的後代仍繼承祖業者，基本上已經寥寥無幾了。

為什麼當地作品的款印多有「合」字？例如「強合」、「發合」、「揚合」……等，按照當地人以潮州話的語意來解釋，「合」者乃合我心意，希望「翁仔屏」的作品，能合購買人、饋贈者或受贈者的心意。就在筆者離開潮州的前一天，完成了「大吳村泥塑藝品標號出品人姓名調查表」的整理，而這份調查表等於為這批流入台灣的「翁仔屏」，找到真正的作者姓名。

過去每年農曆的十二月、正月和二月，是大吳村「翁仔屏」銷售最旺的熱季，依吳先生提供的手稿所言[7]，當時的村人必須要應付買工藝品過春節、趕元宵燈會、廟會，還有做為節慶賀禮的禮品等，所以常常是供不應求。由於大吳村地處於農村，所以從事「翁仔屏」的匠師，並不像在都市的商人會開設店舖、打理門面，而且在村子裡家家戶戶或多或少也在製作，所以到這裡購買工藝品的人，都是進村之後察看是否有半吊的門窗，若是裡面便有陶塑戲齣可買，若沒有吊一半門窗的屋子，不是住房便是臥房。在民國中期每對戲齣工藝品的售價約是十四銀元，折計當時的大米可以買到一百四十多斤，足見「翁仔屏」在那個時後的價值不菲。

根據吳克佳先生所言大吳陶塑已屆七百多年，推算起來其歷史可以溯及南宋末年至元代，也就是從入潮的吳氏開基先祖（吳定）之時代裡，就已經為大吳陶塑的發展打下基礎，只是無法得知這個工藝的淵源，是來自漳州地方的民間技藝，還是入潮以後漸次成形的文化產業。雖然就現有的資料並非那麼地明確，若要探究大吳村陶塑藝術的成就時，當地的村人都會提到清朝末年的一位工藝大師吳潘強，在新編的《潮州市志》（1994）補登他的相關資料，同時在《大吳吳

4　鳳書敬老院老人協會主修，《大吳吳氏族譜》，1996年，頁93。

5　吳克佳，〈大吳泥塑工藝品史簡介〉（手稿），請參閱拙作（註2）文末「附錄一」之（一）。

6　吳東河（1911-2002），東河號店主，也是大吳村少見僅存的翁仔屏匠師。

7　同註5。

氏族譜》之中也為他立傳：

> 「潘強公，乃十八世大芳公之子，據潮州府志所載，公是清同治，光緒時間，潮州府卓超工藝大師。善於塑造人像和潮劇人物，維妙維肖、曾與廣東水師提督方耀塑肖像，方耀感其高超藝術，贈賜誥封五品官（白頂），公一生清貧廉潔，於光緒壬寅年病逝。」[8]

　　根據筆者訪問吳克佳夫婦時表示：相傳吳潘強是一位性情中人，同時也是個性強硬、脾氣古怪，假若不盡他如意的人，就算擺出重金也無法請得動；反觀只要志趣相投、性情相合者，即使是掏心掏肺亦在所不惜。故在 傳記 中所述的「一生清貧廉潔」是頗為真確，甚至他們聽說吳潘強的晚年，是在貧病交迫之下而終老。由此可見，吳潘強其實是一位堅持理想卻行徑怪異的藝術家，只可惜不見容於當時的社會。採訪當天於仍從事「翁仔屏」的吳光讓藝師宅裡，找到兩件識款印有「強合」的作品，在場人士咸信這是吳潘強的遺作。這兩件作品分別是《布袋和尚》和《鍾馗伏妖》，都是素燒過後而尚未上色的階段，而且是經由模塑的方式所翻製出來。從其遺作的確可以看出吳潘強的工藝水平，即使是翻塑量產的陶塑人物像，不論就維肖的神情或寫實的衣褶，都能夠看出他講究與細膩的處理手法。

　　有關〈泥塑工藝大師潘強事記〉[9]一文中，指出約當清朝光緒年間，距離大吳村五公里左右的西村要舉辦一場盛會展覽，聘請吳潘強為他們創作工藝品來參展。然而過了二十天之後都毫無動靜，眼看離盛會舉行的日期就剩下半個月，卻還未能看見吳潘強的作品是做什麼，反倒是只看他每天坐著抽煙喝茶和說笑話，村人即使心急也不敢多言。後來距離盛會日期不遠的時間，便吩咐眾人買來四個大水缸、一百二十斤餵豬用的豆腐渣，以及二丈的布匹，之後還是看到他每天依舊閒著。到了八月二十日盛會開始的當天，吳潘強提早起床才開始佈置他的作品，當完工並揭開布幕之後，眾人才發現到插在展覽台的四棵樹上，一隻一隻栩栩如生的小猴子映入觀眾們的眼廉，尤其是猴子身上的體毛可以隨風飄動。推想除了吳潘強捏塑動物形體的技藝高超之外，原來他還利用了豆腐渣浸濕發霉的原理，製造出猴子身上毛茸茸的特效。

　　大吳村人最擅長的工藝是捏塑神佛的塑像，此外還有做為布袋戲偶、傀儡戲偶、花燈屏人物或兒童玩偶等的泥人偶頭，故常常接受外界各地的委託訂製，其後大吳村更被譽為「泥塑之鄉」。除了被提供做為各種用途的泥偶頭像，後來隨著潮劇演出的盛行，以及相關劇情題材廣受市場的青睞，於是便逐漸出現以潮劇故事情節為表現題材的「翁仔屏」，這種題材在大吳村叫做「泥塑戲齣」工藝，或是以當地的潮州口語簡稱為「戲齣物」（ㄏㄧˋ　　ㆍㄗㄨㄣ　ㄇㄧ或"HI³ CUG⁴ MI"），也就是潮劇演出時各戲齣的主要情節片段。

　　這項傳統的工藝文化產業，不僅讓大吳村遠近馳名，甚至影響近代潮州陶瓷工藝的發展。例如當今潮州地區最大的陶瓷中心楓溪鎮，最具特色者之一便是瓷塑藝術，所謂「瓷塑」其實就是「陶塑」形態，相同的類型即是交趾陶和石灣陶，只是瓷塑作品必須以瓷土為胎，且須超過一千二百度的窯燒處理，故而坯體和釉藥都是耐高溫與穩定。然而瓷塑的基本特性，仍端賴雕塑性的造型手法與技藝展現。據察距潮州市區不遠的浮洋鎮大吳村，相信也有直接的影響關係[10]，尤其自大吳村的陶塑匠師的投入。雖然目前大吳村的陶塑匠人凋零，「翁仔屏」工藝也即將成為失傳的技藝，但是咸信當地的傳統生命，應該是重新在楓溪瓷塑工藝中延續。

8　同註4，頁85。

9　吳克佳，〈泥塑工藝大師潘強事記〉（手稿），請參閱拙作（註2）「附錄二」之（二）。

10　郭馬風、魏影秋，《潮汕美術陶瓷與刺繡抽紗》，廣州市：花城出版社，1999年1月，頁16。

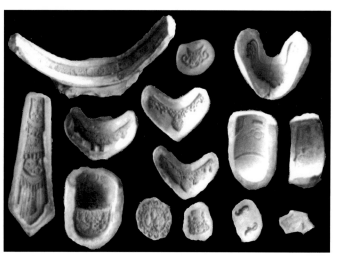

「翁仔屏」衣飾原模　已故匠師吳來樹遺模

彌勒佛　吳潘強遺作
從作品背後款識「強合」所示，得知為吳潘強之作。

四、翁仔屏工藝特性

（一）模塑拼塑

從清末開始大吳的「翁仔屏」，已經是當地知名的文化產業，一旦進入產業化的階段，其工藝的流程必然會引起結構性的改變，也就是如何在最短的時間內，完成一屏又一屏的戲齣陶塑作品，以因應消費大眾與訂購者的需求。按陶塑工藝最常見做法，便是以模塑的方式來解決。大吳「翁仔屏」的最吸引人之處，雖然在局部與細節上的細緻刻塑與描繪，但基於量產的考量之下，應不致於只對單一作品個別處理，基於經濟效益與便利性，大吳村也是透過部分部位的模塑品，然候再行拼貼組合而成。

大吳村的早期匠師在進行泥塑工藝時，最首要的工作便是選用優質的泥土，據當地人表示村界西面的大片田中，過去盛產較為優質的塑土原料，其優點是粘性特佳、沙礫較少，目前的陶土來源則不限於此地。當泥土挖取完畢後，便要進一步做加工處理，也就是「練泥」的流程，其目的是要將土質擣練均勻。是故把所挖的泥土，以木棍反復捶搗、攪勻，

「翁仔屏」殘件　潮州市潮安縣

常見於「翁仔屏」人物著龍袍、蟒袍或其他官服之服雕，是以特殊的凹模，另在土胎上壓製而成，這種做法即陶塑工藝的壓花裝飾。

「翁仔屏」殘件　吉特利美術館

從破損的「翁仔屏」殘件中，可清晰見及內坯的土胎，是曾經過燒窯的處理，故確認屬於陶塑工藝的類型。

並搓揉整理、切成數小段的塊狀，俾利捏塑時取用方便。同時為避免練畢的塑土乾燥硬化，除了盡量放置在儲藏室中，或屋中陰暗遮陽的角落外，還須隨時以濕布覆蓋或包裹，藉以保持穩定的濕度。

　　為了應用高度產業化的市場需求，大吳村的泥塑作業流程勢必要走入高效率的量產化，因此大量借用「模塑」技術的應用。是故大吳的匠師除了精巧的捏塑技藝，同時還應用到凹印模做出頭部，以及重覆表現的必要部位。所謂「模塑」，就是先行製作幾種常用的類型，再根據這些類型翻製成外模，日後在製作的流程上，只要透過這些模具所翻塑出來的半成品，依序組合之後，便可以快速完成泥偶的素胎。根據秦兵馬俑的考古調查報告，亦發現出土量龐大的各式類型的兵士俑像，也是利用這種模塑組合的方式，因此可以歸納出幾種重覆性較高的類型。當然，若不以模塑方式來大量翻製，短期內是無法在秦始皇的陵寢外，造就出軍威壯盛、陣容萬鈞的兵馬隊伍。

　　就「翁仔屏」作品的部位考究來看，比較重要的模塑位置是以頭部為主，頭部的臉型與五官表情，也是大吳「翁仔屏」最為精彩和傳神的表現。由於人物題材的多元與豐富，是無法以單一的造型來混用，故會依「生」、「旦」、「淨」、「丑」等不同的腳色，而自行做出特有的頭部模具。唯一可能混用的腳色是小生和旦角，因為從「翁仔屏」的人物整體來看，小生和旦角的臉型及五官較為一致，而且神態上多採不張口，所以共通性較高，其模具應該可以共用無慮。

　　淨角與丑角則因造型各自迴異，可以和前二者共用的成份便較低。至於淨角之間的差異，只是在於臉譜的勾繪與色調上，臉部素胎的基本造型就無所差別。由於淨角是仿自戲曲的大花臉腳色，故就以闊面、高額、寬鼻和粗眼等做為造型基礎，模塑完成後再沿著兩頰下緣嵌刻縫隙，以預做裝填髯鬚的空間。

　　至於丑角是大吳「翁仔屏」作品之中，最富於表情變化的腳色，故頭部很難依照人物的題材去一一定型。故推測丑角的製作，是先模塑出基本的頭型，再以刻刀去雕塑出該主題人物的神態。當泥塑土胎的雛型大致完成之後，再藉著桿出的薄泥土片，摺貼做成袍裙和衣服，待整體的人形捏塑與拼貼完成之後，便進行晾乾、素燒及彩繪的工作，最後的步

驟，便是再依各類人物型態附加不同的裝飾配套，如此「翁仔屏」工藝品即大功告成。

有關細緻精巧的冠飾與服飾表現，也是大吳「翁仔屏」令人深刻印象的地方，尤其是官宦朝服、戎裝甲冑上的浮雕效果，更是民間陶塑藝術少見的絕竅。從作品中剝落的服飾遺痕來看，有關服飾表面上的浮雕做法，是一種「壓花」與「貼塑」的混合運用：首先是先以棍棒桿出薄片狀的陶版，再以各式圖案造型的模具，壓出衣袍上的基本紋路，然後包裹貼附在泥偶的身上，並依據身體的動態做出衣褶與翻轉；接著為了更加凸顯部分衣袍華麗的裝飾性，再以其他大小不等的單獨模具，壓製出浮雕層次較高的陶片，然後個別將陶片細心地黏附在衣袍紋飾上，如此便可呈現出裝飾層次多、圖案變化大的服飾表現。是故從「貼塑」與「壓花」的應用來看，若與交趾陶、石灣陶、惠山泥人等，屬於南方陶塑、土塑工藝系統相較之下，必定會發現這是大吳泥塑人物表現的特色。

（二）低溫陶塑

即有關「翁仔屏」的內坯土質，確定是經過窯燒的處理，因為在作品的脫色之處，也就是原來素燒過的土胎部份，呈現出燒製硬化的暗沉黑灰之色澤，這個色調幾乎和台灣交趾陶的素燒陶胎相近，是故「翁仔屏」的工藝型態，理論上根本就是「陶塑工藝」的本質。

回到現實來說，以嶺南潮濕多雨的氣候型態而言，再加從未聽聞出產像無錫惠山純度質高的黏土，真難想像未曾經過燒製的「泥人」，要如何長久保存下來？如果「翁仔屏」的土胎不經過窯燒的處理，必然在觸摸的過程中，或多或少會有砂土粉塵的脫落，更不用說在濕度劇烈變化之下，自然造成土胎龜裂的現象。上述對於「翁仔屏」陶塑性質所做的大膽假設與推論，待隔年親自到潮州實際查訪之後更加獲得證實。

另就大吳「翁仔屏」素燒的陶質來看，其窯燒的溫度應該不致於太高，根據大吳村人吳克佳先生的「手稿」也提及[11]，當塑好的土偶經過曝晒之後，便以土窯穀糠的方式低溫煨燒二天左右即成，是故這種燒製法的溫度是不會太高。至於常見的傳統陶塑藝術，如交趾、石灣陶等，也都是屬於低溫的軟陶，其可能的因素如下：

第一、就窯燒的物理性而言，除非一開始就選擇高質地的瓷土，不然一般的陶土作品，在燒製過程中若溫度越高，其作品的失敗率也就越大。尤其像大吳「翁仔屏」的手足、服飾等細節處甚多，如果經過太高溫度的燒製，並在熱脹冷縮的比例差過大之下，勢必會有許多爆裂或斷裂處，如此就出現失敗或瑕疵品。所以如非必要之下，控制在適當的溫度即可，最主要還是要確保作品的成功燒出。

第二、就成品的實用性而言，傳統陶塑工藝的主要功能，在於建築裝飾、家庭擺飾或日常觀賞之用，故比較不具有實際接觸的實用性，尤其是過去使用帶有毒性鉛釉的交趾陶，絕對是不會拿來手上把玩的，是故對於器用上的堅固性需求就不太大。理論上窯燒溫度愈高的陶瓷品，因高溫燃燒後使得土質相對硬化密緻，其堅硬度和耐用程度也就愈高，相對來說低溫的製品也就愈鬆脆。所以舉凡裝置或觀賞用的傳統陶塑，就毋需以太高的溫度來燒製。

11　吳克佳，＜大吳泥塑工藝品史簡介＞（手稿），請參閱拙作（註2）文末「附錄」之（三）。

土坑式燒窯示意圖　陳奕愷 繪製

①挖掘暨圈圍土坑

②稻草舖底

③置入陶胎

④周邊圈圍稻草

⑤上層覆滿穀糠

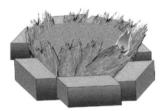

⑥點火燃燒

⑦持續完全燃燒

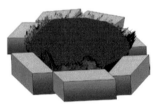

⑧持續煨燒

⑨徐冷後挖掘取物

　　第三、就燒窯的結構性而言，民間陶塑工藝的匠師，面臨燒窯的工作流程時，往往多是採用因地制宜、隨意挖掘土坑的方式，而非送進專業的燒窯工廠去處理。而這種土坑的燒窯結構完全談不上科技性，只是採取覆蓋穀糠來煨燒而已，因燃料提供及燃燒氧化程度有限之故，所以溫度自然就不會提昇太高，也不可能燒出高溫的陶製品。

　　目前在大吳村從業的匠師，雖然進行陶胎素燒的過程中，已經使用現代化的燒窯設備，但就筆者參訪早期匠師所遺下的窯燒舊址，發現當地曾經有過兩種土燒的方式：第一種即前述所謂隨地挖掘的傳統土坑式，第二種則是較定點式的專業土鍋式。茲就這二種燒法做一比較說明：

　　首先傳統的土坑式窯燒，是先在地下挖一座坑洞，其周邊再以土角磚或石塊圈圍，然後放入稻草穀糠舖底，並淋上汽油或煤油以助燃；接著置入泥塑完成且陰乾之後的土胎，泥胎之間均由穀糠填滿縫隙，在其上又倒入穀糠完全覆蓋。待就序之後便引出一條草繩點火燃燒，一直燒到完全成為灰燼時，就暫且不再做處理，而是讓土坑中的熱度繼續煨燒下去，持續二、三天的徐冷，待降到一般溫度為止即大功告成。

　　另外一種土鍋式的燒法，是屬於產業化較具體或專業化的燒製，因此會在自家的工作坊中，事先造好一座缽形的土鍋固定在地上，鍋身就埋往地下延伸以資穩固；此外，同時另製一個可以掀開覆蓋的鍋蓋。當要進行燒窯工作時，就毋須再挖土坑，直接往鍋底放入稻草舖底，接著置入陰乾之後的泥胚土胎，再倒入細碎的穀糠直到完全覆蓋填滿。一切就序之後便點火燃燒，當達到完全燃燒的程度時，便將鍋蓋直接覆蓋上去，取代前者以覆土層的方式煨燒。同樣持續至二、三天，在鍋內的燃氧耗盡之後便開始徐冷，等降到一般溫度止即可掀蓋取物。

土鍋式燒窯示意圖　陳奕愷 繪製

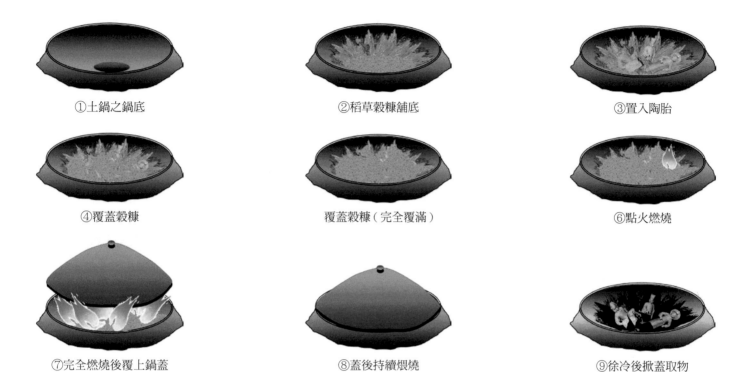

①土鍋之鍋底　　　　　　　　②稻草穀糠舖底　　　　　　　　③置入陶胎

④覆蓋穀糠　　　　　　覆蓋穀糠（完全覆滿）　　　　　　⑥點火燃燒

⑦完全燃燒後覆上鍋蓋　　　　⑧蓋後持續煨燒　　　　　　⑨徐冷後掀蓋取物

　　在大吳「翁仔屏」銷售興盛的年代，陶胎燒窯的工作應是持續不斷地進行，因此這種造鍋燒製的方式，比較符合大量市場化需求的產業文化型態。由於大吳「翁仔屏」的燒製溫度低，相形之下保存程度也就比較差，若從許多碎裂毀損的缺口觀察之，即可見到加熱硬化的程度不夠，以致陶胎之尚保留著原來的土質形式，所以經不起震動、搖晃和摧殘。

（三）素燒彩繪

　　經過第一次的窯燒過程之後，大吳「翁仔屏」就不再做進一步的釉燒處理，目前所見的人物肌膚、臉譜、服飾和佩飾等成色表現，完全是直接在素燒過後的陶胎上，另行敷彩繪製而成。是故另就陶塑工藝類型而言，又可稱之為「彩繪陶」，此點則與閩粵台所盛行的交阯陶和石灣陶大不相同，因為後者的成色，都是經過釉燒的處理所成。彩繪陶在中國已經有相當漫長的歷史，秦兵馬俑即是最具氣勢壯碩的典型代表，只是因為長年埋藏於地底下，出土之後接觸空氣產生氧化而褪色，所以目前所見到的秦俑文物，多是原來的陶胎色澤。
彩繪陶和釉燒陶的差別，不僅只是成色方式的不同，在製作彩繪陶或釉燒陶之前，必須先做好決定哪一項，接下來便會影響到塑形過程的態度與結果。雖然第一次素燒過程的陶胎是大同小異，但如果是要做為釉燒陶之前的素燒，那麼有些細膩的細節與局部，就必須稍為省略或改變，否則待上完釉料進窯燒製完成之後，絕對會走樣或不如預期的效果；至於彩繪陶，則比較沒有這一層的顧慮。

　　前述所謂釉燒比彩繪更需要注意的原因，在於陶胎上又加一具有厚度的釉色層，一旦加熱之後就會形成類似玻璃潔亮的琺瑯質，並且在燒製過程中會自然流動，自行填滿陶胎上所有刻印的裝飾紋路。像唐代著名的三彩陶俑，為避免流

偶陶畫戲

潮汕彩繪翁仔屏泥塑展

「翁仔屏」生角與旦角　吉特利美術館藏
由於臉部的彩繪褪色，導致陶胎底色露出，故形成暗黑的臉色。

「翁仔屏」　吳東河重彩　潮州市潮安縣　黃俊川藏
此屏是清末舊作，十幾年前由大吳村吳東河重彩。於丑角斗笠上，題有「浮洋大吳‧吳東河重彩」。吳東河以九十一高壽病逝於二〇〇二年，曾是村內僅存最高齡的前輩級「翁仔屏」匠師。

王伯當大戰程咬金　「翁仔屏」　吳光讓作　現代
玻璃木箱內的空間宛如戲曲舞台，「翁仔屏」人物即是舞台上的演員。

動的釉色層，因覆蓋而破壞了俑像的五官神情，於是幾乎都採取臉部不上釉的原則。換言之釉燒陶的表現重點，除了陶胎基本造型之外，比較傾向於釉色的成色展現，例如交阯陶向來是以鉛釉高彩，以及胭脂紅等寶石釉料的珍貴而聞名；至於像石灣陶則是以簡潔釉色之中，另在素面釉層施以開片或仿古窯變的特效見長。

相較來看彩繪陶的基本造型，將可以展露更細巧精緻的塑形表現，原因造於沒有用釉上的顧慮考量，換言之當陶胎順利素燒完成後，便可以直接描金上彩，彩繪之後仍然完整保留原胎所做的任何紋路與刻飾，同時又可以藉由繪畫的手法，彌補原始陶胎無法捏塑刻劃的不足，故相形之下，彩繪陶作品便令人更覺得精細的一面。尤其是早期大吳「翁仔屏」的表現相當重於塑的表現，例如壓花模塑出來服飾的紋路，在配合金漆彩繪的細部加工，使得著名的潮州綵繡充份展現在「翁仔屏」的身上。

然而彩繪陶的色澤保存，終究遠遠不如釉燒陶的持久，畢竟這些釉色的呈現，是歷經數百度溫度以上的燒煉過程，故其色相已經趨向穩定的狀態。反觀彩繪陶的色彩，只不過是將顏料塗刷在陶胎的表面，理論上只是暫時性的附著而已，但事實上是經不起長時間之後的褪化或流失。目前典藏於台灣的大吳「翁仔屏」，幾近一半的作品因年代久遠而為褪色，故而有些俊秀的青年才俊（生角），或是俏麗的可愛仕女（旦角），這些題材原本都應該有清秀潔淨的素面臉龐，但卻因膚色與底色褪去之後，露出了原始陶胎的暗黑色澤，不明究理的人，會誤解為黑面書生或烏面惡婆的負面腳色吧！

五、翁仔屏曲藝之美

有關大吳村所塑造「翁仔屏」之作品形式，取材於潮劇及其影響之下的「戲齣物」，故而探究作品主題人物的表現時，不能忽略還有相關戲曲表演藝術的特性。換言之欣賞大吳「翁仔屏」之際，在精緻細巧、體態優美的工藝造型與藝術美感之下，其實是來自對潮州戲曲的反映與寫照，故而對潮劇或潮音紙影戲的認識，反而成為深度賞析大吳「翁仔屏」的藝術特性上，不能不事先具備的基本概念。

如何從大吳「翁仔屏」作品中，找尋傳統戲曲脈絡下的線索？首先就作品人物本身的性別、年紀或身份等扮相來看，就是傳統戲曲中各類型的腳色及行當，例如常見的生、旦、淨和丑的差異；至於陶塑人物的動態與美感，不僅是潮劇演員身段、武功的肢體展現，還會依不同的行當之別，有其必備的基本科步和做工方式，因此造就「翁仔屏」肢體豐富、活潑生動的表現；另外，大吳「翁仔屏」最受人矚目之處，是在於人物服裝變化多樣、綴飾華麗細緻的表現，除了配合人物腳色、行當而有不同的款式變化之外，這種局部與完整兼顧的細緻處理態度，並非只是展現匠師的獨到手路和技藝成就而已，最主要的是反映了潮劇舞台演出的戲服特色，因為潮劇的戲服亦可堪稱民間工藝的一絕，其背景是奠基在潮繡工藝的高度發展之上，並提供了潮劇演出時的舞台效果與需求。

若按新出《潮州大吳泥塑》乙書所載 [12]，當地以戲劇做為題材表現的作品中，若依人物尺寸或戲齣場景來分，計有：「大斧批」、「文身」、「武景」、「臣景」和「文寸」等五種。所謂「大斧批」是指大型的古典塑像人物，而且出現的人物腳色也較多，所以常常應用在大戲中的戲齣情節；最小的尺寸則是「文寸」，也是一般農村社會中婚娶生育的流通贈禮，因此製作上較為簡單而粗糙。

12　潮 文，＜潮州大吳泥塑＞（收於《潮州大吳泥塑》），潮州市群眾美術館，2003 年 12 月，頁 3。

至於剩餘的「文身」、「武景」、「臣景」等，其尺寸介在大斧劈和文寸之間，高度約在二十公分左右，都是「翁仔屏」常見的作品大小，只是因故事題材的不同，而有人物腳色的差異：例如「文身」是表現一般的文戲，故出現的腳色是以小生、老生、老旦、花旦和文丑等為主；「武景」則是塑造武打場面的戲劇人物，所以腳色別亦多具有武功的身份，就像武生、武老生、武旦和淨角等；「臣景」則是表現朝臣中的文武官員，具有出將入相、功名祿位的祝福意義。

六、結　語

透過「翁仔屏」的調查與研究機會，使筆者接觸到獨特性甚強的民間工藝型態，也是在台灣幾乎難以看到民間陶塑藝術，並且體認到潮汕文化的精緻與亮麗，特別是對台灣文化的系統追溯來說，又多增加一系值得矚目的文化淵源。尤其還原至潮州潮安縣一帶農村文化，這些陶製品同時直接參與了生命禮俗、信仰文化的活動，因此每當重要的節慶或廟會屆臨，「翁仔屏」便成為家家戶最佳的饋贈禮品，在這樣的習俗背景之下，讓「翁仔屏」的藝術生命，得以持續在農村禮俗文化之中。

認知以人物為題材的傳統工藝品，若對當地的傳統戲曲有毫無所知，自然會增加研究上的困難度，筆者面在對此一全新的課題時，即因對潮劇的陌生而停頓多時。論及潮劇不僅提供「翁仔屏」豐富的創作題材，並因人物本身的角色分工特徵，以及在劇中情節上的鮮明個性，讓匠師憑著創意與想像，將它們捏製得唯妙唯肖、栩栩如生，突顯主題人物在劇情上的戲劇效果。故而認知「翁仔屏」人物的藝術特色，是無法從傳統戲曲中分割出來，不然就無法體會出人物角色的身段與肢體之美。

然而大吳「翁仔屏」也有些的隱憂，現行所見的作品，其藝術層次比過去較為遜色，或許早期對於工法的講究，以致於能夠虔心完成精緻度較高的作品；現在的精緻程度與細膩處理上，則比較不如以往，有些甚至讓人感到草率和粗糙；再加上現在的著色方式，是採以油性漆做為塗料，雖然可以更耐新和保持光鮮，結果卻顯得濃豔而俗麗不堪。或許工商經濟的快速成長，「翁仔屏」的發源地大吳村，也在快速致富的風潮席捲一片欣欣向榮。相信在無更大的經濟誘因，與經濟報酬率的吸引之下，如何勸住優秀的匠師，繼續來從業「翁仔屏」的創作，似乎值得當地文化保存工作者的深思。

翁仔小世界、戲曲大乾坤

王麗嘉
國立台灣戲曲學院歌仔戲系助理教授

一、前　言

　　中國戲曲上溯唐代參軍戲，經過宋元南戲與元明雜劇的成長，在明清傳奇裡成熟，然後大盛於清代皮黃並成為近代影響很廣的京劇。在宋代由於民間「瓦舍勾欄」劇場的盛行，「瓦舍」是城市裡大型的娛樂場所，市民聚以遊樂看戲，因此匯聚各種百戲技藝的演出，宋代的南戲和元代的雜劇也就在這樣豐沃的土壤中，不斷吸收詩歌、音樂、舞蹈、雜技、武術、繪畫、說唱等藝術，相互相容，最終形成了以唱、做、念、打等表演為中心的成熟戲劇形式。

　　經過八百多年的推陳出新，戲曲的形式流傳中國各省，結合各的聲腔、地方風俗與故事又形成各種地方戲，呈現著旺盛的多元生命力和藝術感染力。學者曾永義教授對戲曲曾提出定義如下：「搬演引人入勝的故事，以詩歌為本質，密切結合音樂、舞蹈、雜技，以講唱文學的敘述方式，通過演員充任腳色扮飾劇中人物，運用代言體，在狹隘的劇場上所表現出來，供觀眾欣賞的綜合文學和藝術。」由此定義看來，曾永義教授認為戲曲樣貌雖然多元，而其本質仍為詩歌，以音樂、舞蹈、雜技與講唱的手段來完成敘事，既是表演藝術，更是集合各類藝術的綜合資料庫。

　　對廣大的中國人而言，戲曲的意義不僅是演出的觀賞活動，更與歲時祭儀、神明成道與壽誕等社區集體宗教活動緊密聯結，也與家族婚喪喜慶的儀式息息相關。數百年來看戲是民間百姓的經常性娛樂活動，同樣在精神生活上不可或缺，他們識字不多，透過地方戲曲的觀賞學習到歷史、文化、道德與人情世故，換言之戲曲演出故事所代表的意義、戲中角色的造型、神態與性格都成為庶民的集體記憶與共有文化。也因為戲曲這種以詩歌為本、集合各種文化特質的長時間的記憶積澱，便經常成為民間其他藝術再創造的母源，例如年畫、廟宇壁畫、浮雕與小說插圖等，形成整體戲曲文化世界，也與戲曲實體演出共同存在，彼此呼應。

　　本次展覽「偶陶畫戲 - 潮汕彩繪泥塑翁仔屏特展」是屬於立體陶塑，產於廣東省潮州市潮安縣浮洋鎮大吳村，該區原本即為生產魁儡戲偶頭的重鎮，清末民初各商號再將戲曲藝術，跨越媒介創造延伸至立體戲屏做為禮品，每尊塑像高僅二十餘公分，放在木箱中裝置擺設展示，再加上戲台的背景而裝飾成為一個微型空間。在這個小小世界中呈現了一座戲屏，其實也就形同一個縮小的戲曲世界，如何呼應大戲的舞台、故事與背後的意義，非常值得各位觀眾與讀者一探。

二、關於腳色與設計

　　大吳「翁仔屏」是以箱中戲的形式呈現，由於空間窄小之故，每個戲屏中戲偶擺放的數量僅有一兩件，也因此更突出了每個戲偶腳色的重要性。雖然憑著少數的戲偶，就能夠帶出整個戲齣的想像，但是這種選擇並非偶然，正呼應戲曲藝術重視腳色行當的特色。

戲曲中的腳色是中國人對於人間世界的分類與詮釋，它的起源最早是由唐代參軍戲開始。原來只有「參軍」跟「蒼鶻」兩類腳色，在宋雜劇裡開始分為「末泥」、「引戲」、「副淨」、「副末」和「裝孤」等五類腳色，到元雜劇裡則分為「末」、「旦」和「淨」等三類，明雜劇又再分為「生」、「旦」、「淨」、「末」、「丑」、「外」和「貼」等。由唐代的參軍戲發展到明代的傳奇，跟隨這一路的演進，腳色的名稱各自不同、數量上也各異，在衍生與分化的過程中，恰為戲劇發展成熟中細密的分類過程。

就表演形式的特色上來看，有關中國傳統戲曲演員扮演的流程是：演員必須透過「腳色行當」這個介面再進入劇中人，與現代戲劇上的差別是在扮演流程上多一個「腳色行當」的媒介，也就是「生」、「旦」、「淨」和「丑」等四個大類。然而單獨的「腳色行當」之意義本身是空的，必須透過演員與劇中人之間的關係才能產生意義。「腳色行當」的外觀造型，則具備了強烈的說明性，搭配故事中的人物設定與他在劇中的動作，始可引起觀眾對於故事的聯想與背後所代表的意義，因此「腳色行當」是外型與身分，也是個性、更是故事的一部分。

潮劇在明朝中葉已經形成完整的表演體體系，也具有獨特的唱腔，是屬於南戲的一個支派，其行當大體上是依循南戲的「生」、「旦」、「淨」、「末」、「丑」、「外」和「貼」等七個腳色來安排。但隨著歷史的發展，因應演出的需要，而不斷地滋乳新行當的產生，進一步而言潮劇目前已經共有二十多個行當。近代為了便於與大部分的劇種合軌，才又歸納為「生」、「旦」、「淨」和「丑」等四大行當。其實往下應可再細分出若干個小行當，例如：

生：小生、老生、武生、花生
旦：烏衫旦（青衣）、藍衫旦（閨門）、衫裙旦、彩羅衣旦（花旦）、烏毛、白毛（老旦）、武旦
淨：文烏面、武烏面（草鞋烏面）、丑烏面
丑：官袍丑、項衫丑、踢鞋丑、武丑、裘頭丑、長衫丑、褸衣丑、老丑、小丑、女丑

三、無丑不成戲

其中在丑行之下又分成十種不同的類型，是屬於潮劇中的主要行當，即所謂：「無丑不成戲。」不論其形體、區位或節奏的基本規範，就是「蹲」、「小」、「縮」的表現模式，至於這十類的丑行則各有其專屬的身段譜，同時還有獨自的特技表演，例如摺扇、吊繩、燭臺、溜梯、椅子、活髯、佛珠和柴腳…等。丑行是運用其身段程式組合出成套的科步，但又不拘泥於形似、而是力求神似的表演，例如「官袍丑」的「想計科」和「挨打科」，「裘頭丑」的「草猴動作科」…等等。其表演的共同特徵，就是滑稽、詼諧、自由不羈和樂觀好動。在潮劇《鬧釵》、《柴房會》、《蘇六娘》、《張春郎削髮》和《無意神醫》…等劇中均有精彩的演出。

在此次「偶陶畫戲：潮汕翁仔屏特展」的作品中，除了取自於戲齣的腳色之外，單純呈現腳色的人偶在數量占一大類。承襲自大戲的傳統，臉譜衣冠的設計都一絲不苟，一眼即可看出性別、身分、性格與社會階級甚至是生活狀態，另外丑角戲偶的數量不少，也符合潮劇的特色。丑角有別於其他男性角色一在臉譜、二在衣冠、三則在行當之上，基本上小丑是在臉上普遍畫上白色小三花，此外就是歪冠與裸露身體，反觀小生與淨角都是帽正而合衣，即使造型取材於當代人物的生角，雖戴西洋帽與西裝外套，但帽正而鈕扣全扣，也是身份與造型規範的延續。

劇目：調停

潮劇丑角的演出有許多精采的行當，例如模仿動物型態（項衫丑）、皮影步（項衫丑、踢鞋丑、裘頭丑）、瞎子身段譜（長衫丑）、草猴拳（裘頭丑）、狗步（官袍丑）與女丑身段譜。這些在這次展出的丑角造型上也呈現出來，藝師們不僅塑造出不同丑角的造型，也按照其身段譜來塑造他們的動作，所以戲偶雖小但活靈活現，精彩地重現了潮戲丑角腳色行當的趣味。

值得注意得是其他戲偶腳色身上所著的戲服雖小，但也按規矩縫製，例如扮演大官的戲偶身著蟒袍官服，則其穿戴為圓領、大襟與大袖。上襟繡補紋飾如為蟒，則其爪為四或三，不能僭越皇帝龍袍得五爪。另外此次展示的武將戲偶的衣著非常繁複，大戲武生身上為圓領、窄袖、護臂與靠牌，靠甲分為前後兩片、腳上有靠肚、護腿，再加上靠旗，小戲偶身上一樣不少，這些在細節處的講究，反應藝師塑造角色也同時信仰背後的社會階級與秩序。此外服飾與顏色異常華麗，繡工也一絲不苟，反應出當地傳統潮繡工藝水準的高超。

四、戲齣故事的取材

戲曲的小戲出於農村，多取材自日常生活，鄉土氣息濃厚的常民生活瑣事；而大戲則因為可以運用曲折的故事與眾多角色行當，故反映政治、社會、家庭、人際的百態與超自然的錯綜複雜，所以故事的題材豐富多元，大陸戲曲學者伏滌修曾把戲曲故事，分為歷史素材劇、政治公案劇、宗教神魔劇、取材文人作品的改創劇、同題材劇作的翻新改創劇等六大類型。學者曾永義教授則再補充家庭倫理劇、夫妻悲歡離合劇、男女愛情婚姻劇，以及少數的時事劇等四類型，總計共有十大類型。

然而就宋、元以降戲曲高度發展近千年來看，戲曲歷經兩次異族統治，國家分裂與戰禍導致的政治社會變動極大，而族群、文化融合、階級的流動與重組都非常頻繁，做為官場與民間的戲曲娛樂，在各朝各代形成了各自的風尚與特色。自從宋代中土分裂，北方為金人統治、宋室南遷，中央政府機構、官員與豪門也遷移南方，形成新的社會階層，由於當時士人躋身科舉，贅婿豪門容易、戲中拋棄糟糠之妻的婚變戲特多。而元代貶抑漢族知識份子，雜劇之公案劇、文士之發跡劇、士人妓女之風情戀愛劇，和宗教度脫劇最能反映時代之現實。

雖然明代的戲曲大興，但由於禁令森嚴、文字獄頻繁，因此傳奇、雜劇淪為教化的工具，雖有優秀的文人投入劇本創作，文學成就也前所未有，但仍以書寫私領域的情愛為主要的題材；又由於江南經濟繁榮，民間娛樂需求擴大，戲曲深入官家與民間，此時浙江崑山水磨調興起，一時風行、音樂影響劇情，所謂「十部傳奇九相思」，故事內容在夫妻別離重逢，戀人分離、相思不得而極盡幽怨。

「翁仔屏」的產地在廣東潮州市一帶，在此傳唱的戲曲屬於泉腔潮調，也是屬「南戲」中的古劇體系之一部份，傳統劇碼計有兩類：一類是源自宋元南戲和明初傳奇，例如：《琵琶記》、《荊釵記》、《白兔記》、《珍珠記》和《彩樓記》…等，可謂是歷史悠久；另一類是根據在地人物故事編寫的，保留了明代潮汕的人情風俗，深具地方的生活特色，如《荔鏡記》、《金花女》和《蘇六娘》…等。1958 年於廣東揭陽縣出土的明代嘉靖年間《琵琶記》抄本，即是以潮州的方言來演唱，據專家考證該抄本，極接近高明原著的戲班之演出本，這說明潮劇演出《琵琶記》，已經具有四、五百年的歷史。這齣古老劇碼在潮劇舞臺上綿延不斷，至今還保留著《墓前別》、《琵琶上路》和《伯喈相認》等單折的演出。

大吳的「翁仔屏」出自不同商號的商品，但展現的故事重疊甚多，顯示受南戲大傳統的影響，原始的表現型態大多取自元雜劇、明傳奇等流行數百年的劇目與當地特有劇目，如元代的《琵琶記》、《西廂記》和《薛仁貴衣錦還鄉》，明代的《彩樓記》和《荔鏡記》，粵劇折子戲的《王茂生進酒》、《蘇六娘》和《李槐賣箭》，瓊劇的《搜書院》等等，另一部份則是出於話本而流行於全中國的戲齣，如《宋江殺妻》、《關公辭曹》和《白蛇傳》等，

五、戲劇時刻的選擇

此次「偶陶畫戲特展」之戲屏小世界的展示中，關於塑像凝住不動的時刻，在選擇上也深具意義，因為這個時刻代表戲偶創作者，對於戲曲故事最精彩處的選擇，也是勾連故事的重要瞬間。其實，全世界的舞蹈藝術在流動造型中，都不難發現瞬間「停頓」的時刻，但在民間工藝中以中國戲曲表演為題材，這樣地把「停頓」明確地塑造成一種造型表現誠屬少見，尤其在戲劇性強烈的轉折處，人物的心理刻劃，以這種類似於雕塑的型態，在一個時刻中短暫靜止，更常常與觀眾互動，共同塑造出強烈的情緒。這個時刻統稱為「亮相」，「翁仔屏」小舞台上的雕塑，也就是呼應這個大傳統的表演程式。

第一種時刻是上場、下場的亮相，這在戲曲中經常被用到，是突顯主觀和點染客觀的有力表現，如《穆柯寨》中穆桂英初次上場，就是透過幾個簡潔有力的亮相動作，凸顯她的身份、個性、武功及其所處的環境，讓觀眾立刻能夠意會出來。又如《打漁殺家》中蕭恩父女，一老一少在江面的小舟上，扶槳眺望的下場亮相，呈現出這兩人互相扶持的相依靠。它如同閃光燈及特寫鏡頭一般，凝練映照出典型人物的內心世界、生活情態，與所處環境中無數感人的瞬間畫面。

其實戲曲舞台上武將得勝後不急著追敵，反而藉著舞技的表演，來誇耀內心的興奮，以及耀武揚威的得意心態是相當常見。而文官官場失勢或得意，也可藉著抖鬚跌撞、或者高笑來亮相。物理時間在此似乎暫停、心理時間拉長，抒情在此被擴大地延展，而內在的抽象情緒被立體化、具像化。在這次「翁仔屏」的展出中，許多淨角扮相的武將，都是以亮相姿態成為戲偶的塑型，這種「時刻」呼喚觀眾以往的觀劇經驗，以及記憶中的最激動處，普遍被應用到這次展出陶塑的戲偶中。

另一種亮相為戲曲整段舞蹈中的亮相，在一組舞蹈動作與雕塑語言的肢體，交織起來的形象美並凝聚於某種時刻，亮相的作用在深化舞蹈之美，加強戲劇之感與情意的深度。例如這次展出戲屏中元合商號的《薛丁山與樊梨花》：兩人原在戰場上敵對，卻彼此欣賞互傳情意，演出一場「陣上招親」，樊梨花在造型上雙臂大開，頭右傾而面露微笑、千嬌百媚；薛丁山頭左傾而雙臂欲迎、左腳前踏，台上亮相如一組優美的雙人舞，觀眾也隨之進入兩人心意相通的時刻。

相同的應用也可見於「翁仔屏」的《西廂記》，同樣也是非常地精采，第一場景的亮相為《張生與紅娘》，紅娘秘

薛丁山與樊梨花

告張生她們家千金鶯鶯小姐心意，紅娘身型略呈 S 型、左腳邁前，左手拉住張生右腕、呈現主動性，而張生左手伸出大拇指表示了解，雖較為被動、但心喜若狂，藝師塑造此時的張生，甚至打開的雙腳都墊起腳尖，這個戲劇性時刻的肢體充滿動態美感。

　　另外一屏是張生在後花園私會崔鶯鶯，鶯鶯垂目含羞，身體仍有矜持，然而口咬右襟、左手上舉，而張生見狀在此刻迅速走動向前，轉被動為主動，他右腳邁步、右臂上提，要牽住鶯鶯的手，因為難掩激動、衣袍飛動，充滿了動態感與戲劇性，這樣的動態之美在大吳「翁仔屏」的戲屏中，幾乎是創作的基本要求，藝師可說將陶偶的肢體韻律之亮相形象美感，發揮得淋漓盡致，也是戲曲雕塑美學延續於此的例證。近代學者王國維把戲曲用來做為中國傳統戲劇文化的通稱，他在歸納戲曲的表演特徵，簡明的說明為「合歌舞以演故事」，而戲曲學者齊如山也曾說：「國劇的原理，有極扼要的兩句話，就是無聲不歌，無動不舞。」可見故事之外，歌舞為戲曲藝術裡最重要的表現形式。然而大吳「翁仔屏」的戲偶並無法發聲，戲劇時刻的處理既有凝聚的時刻，也有取自流動時刻的瞬間，讓觀眾的領略可由點而面，顯示出藝師精彩的巧思。

六、結　語

　　綜合性、虛擬性、程式性與歌舞，是中國戲曲的主要藝術特徵。這些特徵凝聚著中國傳統文化的美學思想精髓，構成了獨特的戲劇觀，使中國戲曲在世界戲曲文化的大舞臺上閃耀著它的獨特的藝術光輝，這些特徵流傳到地方戲中留存，應用到其他民間美術也一脈相承，繼續呼應著這個傳統。大吳「翁仔屏」對戲曲的立體塑像，其年代已經進入清末民初的現代，雖然是一個木箱中所表現的微型宇宙，但是大吳村附近商號藝師們，在這一個小世界的呈現，仍然呼應著戲曲傳統裡的大乾坤。不論是在腳色行當的表現，故事題材與戲劇時刻的選擇，都呼應著百年來戲曲發展，尤其是南戲流傳到閩粵的脈絡被具象的保留下來，十分珍貴。

　　百年前「翁仔屏」被當作餽贈的禮品，進入家戶當作展示，呼喚著戲劇裡的故事、詩歌、舞蹈與代代相傳的教化與人情世故，然而百年來中華大地戰亂與劫毀頻仍，戲偶保留至今、誠屬不易。今日小戲箱再度打開，俱是無言的戲偶，但是觸目即勾起故事與歌舞，還有背後中國人對人、對世事，甚至對超自然的善惡觀與審美評價，這些戲偶與戲齣所呈現的瞬間，仍然是光彩奪目，也就是整體民族性格的泉源吧。

參考書目：
曾永義，《戲曲表演藝術之內涵與演進》，臺北：中研院 - 中國文哲研究所，2015。
陳韓星主編，《潮劇研究 4 潮劇百年史稿》，北京：中國戲劇出版社，2001
韓幼德，《戲曲表演美學探索》，臺北：丹青出版社，1987

從潮汕「翁仔屏」來看戲曲美學

沈海蓉
致理科技大學通識教育中心副教授
暨駐校藝術家

一、前　言

　　2016 年 6 月國立歷史博物館推出「偶陶畫戲 - 潮汕彩繪泥塑翁仔屏特展」，看著每一屏栩栩如生的陶塑工藝作品，同時每一屏故事的背後又有精彩動人的戲齣故事，不禁讓筆者回想起尚未踏入演藝圈之前，曾經在海軍海光國家劇團、海光戲劇學校的往日歲月。這一段令人難忘的傳統戲曲養成訓練，不僅對日後的影視演藝生涯奠下深厚的基礎，同時更有機會進入傳統戲曲的堂奧、為珍貴的傳統文化資產盡一份綿薄的心力。

　　感謝國立歷史博物館對後學的抬愛，賜予筆者來為這批珍貴典藏導讀的機會，下文中擬就往日受學過程與粉墨登場的經歷，導引讀者進入以潮劇為背景的「翁仔屏」世界。不過，在尚未真正帶大家讀戲看戲之前，必須要先認知傳統戲曲的人物腳色，是依據其個性、年齡與忠奸善惡的屬性，而做出生、旦、淨、丑等四種類型腳色的行當分工。

　　也因為有這樣鮮明的差異化表現，才能夠將戲劇性的表演，直接轉化成為陶塑工藝的造型藝術，而且又可視為另外一種表演藝術的精神延伸，同時更能夠展現出工藝大師的雕塑特殊技巧，彷彿是為「翁仔屏」中的每一位表演者，在舞台上帶著情緒邊走邊唱。還有在「翁仔屏」中同台演出的對手，更以相當寫實又精采的表情神態，在剎那之間便讓觀眾看得如癡如醉。

　　總而言之，創作這批「翁仔屏」的陶塑工藝大師，必須要先將這種剎那之間的神情捕捉到，然後創造出猶如電影海報或劇照般的停格精采之畫面。就在舉手投足、眼神傳遞和肢體身段的表現之間，讓觀眾看過之後無不讚歎。所以說「翁仔屏」的工藝精神，揭示了以戲劇中人物的內心思想，以及舞台表演者的感情世界，融合成為一種真實存在性的寫實具象表現。

二、唯美浪漫

　　首先來看「翁仔屏」中以《西廂記》為題的作品，第一屏是「張生與崔鶯鶯」在月下約會的題材表現，以當時來說這是一個唯美浪漫愛情的故事。對我們演出者來說是一種功力的挑戰，這種含蓄傳情式的表演，既要演得到位、又不能演得太過；眉目傳情也是要練得很久，才能夠心領神會，體會出老師要我們演出時，為什麼有這樣身段的要求。尤其是讓唱青衣花旦腳色的崔鶯鶯，在月下約會時，既要表達自己是大家閨秀的風範，可是心中卻想著要和心儀的人相會。所以她的手緩緩舉起、咬著自己的袖口，表達出心中的羞澀又喜怯，眼神又半瞄著對方，腳步一前一後、身體微側不敢正視；然後另一隻手又想搭著張生、卻又不敢搭，這樣糾結的神情姿態竟然會出現在「翁仔屏」，透過陶塑工藝而能夠看到這

圖1　張生與崔鶯鶯（瑞合出品）

樣的表現，真的是令人非常地訝異。

　　當張生終於把心愛的人給約出來之後，他的眼神是這樣地看著她的倩影，然後左手快速而不自主地想要牽住她，因此他的袖子有了劇烈的起伏變化，再加上她的雙腳前後擺動，而另外一隻左手又在後方，從揚起來的袖子可以看得出來，他的動作是多麼急切地往前移動，而且嘴角的微笑和臉部快樂的表情，對照崔英英的神態羞澀，看到這一幕就好像一對嬌羞甜蜜的情侶，真得出現在觀眾的眼前了。回到實際的京劇演出，在這見面之前還有著這麼一首詩：

張琪	（白）	紅娘姐，這是小姐做的一首好詩啊！
紅娘	（白）	什麼好詩啊？
張琪	（白）	待我念於你聽：
	（念）	「待月西廂下，迎風戶半開。佛牆花影動，疑是玉人來。」
紅娘	（白）	文謅謅的，從頭到尾我一句都不懂的，你講給我聽聽吧。
張琪	（白）	好！「待月西廂下」就是待月兒上升的時候。
紅娘	（白）	噢，就是月亮上天的時候。
張琪	（白）	「迎風戶半開」就是門兒被風這麼一吹麼，開了半扇。
紅娘	（白）	噢，門兒被風這麼一吹，開了半扇兒。
張琪	（白）	「佛牆花影動」就是要跳牆進去與你們小姐相會啊！
紅娘	（白）	怎麼？我們小姐叫你跳牆相會嗎？你說我們小姐多壞啊，表面上莊莊重重的，私底下約人家花園相會。

張琪	（白）	「疑是玉人來」！
紅娘	（白）	張先生，誰是玉人啊？玉人又是誰呢？
張琪	（白）	就是小生我嘛！
紅娘	（白）	啊喲，敢情你是個玉人啊，我們小姐不是叫你跳牆進去嗎？要是把你這個玉人摔碎了，可怎麼好啊？啊，張先生，既然我們小姐約你今晚跳牆相會，那麼你就跳吧。[1]

　　還有另外一屏「張生與紅娘」的作品，眾所周知紅娘在《西廂記》中是非常重要的腳色，既聰明活潑又悄皮地讓人看了就討喜，當她得知鶯鶯小姐與張生二人一見鍾情之後，她也替小姐開心。就單看這一幕，她受了小姐之托，要帶著張生夜遊花園、月下相會，刻意安排著他們二人琴棋相見，這個故事大家都是耳熟能詳。但是回到陶塑工藝的形式表現，從紅娘悄皮的眼神、微微地瞄著張生，然後大膽的拉起張生的手，就彷彿急切地在告訴他：「快走快走，我們小姐等著你呢！」再從她的前腳微抬、後腳向後，就恨不得小跑步的想把張生一路拉走。

　　至於張生在這樣的舉動之下，他看到這小小的丫頭紅娘這麼不避嫌地拉著我的手，完全就沒有了男女授授不親的想法，自己也就豁出去放開了，竟然也學習起俏皮的模樣，張生也不自覺的咬著自己的衣領，開心著拉起自己的繡袍兩步

1　「中國京劇戲考」網站「劇本」第 70801119 號《西廂記》（http://scripts.xikao.com/play/70801119），2000 年 12 月。

圖 2　張生與紅娘（昌記出品）

當著一步走的架式，想要更快速地奔去會見他的情人，從他們二個人的姿態和表情，讓人看了更加喜悅。關於這一幕的情境和生動的姿態表現，由此可以得知創作這一屏作品的陶塑大師，不知道看這齣戲究竟是看了多少遍，才能深入地揣摩出這樣的眼神和這樣的表情，還有這樣的舉手頭足之下，栩栩如生地將神情表現出來。當然紅娘也不是真傻，而是主僕之間的關心和情誼，因此在京劇的表演中，紅娘在傳遞鶯鶯給張生的信時，還有下面一段唱來表達其心聲：

紅娘　　（四平調）　看小姐做出來許多破綻，對紅娘偏用著要巧語花言。
　　　　　　　　　　本來是千金體大家風範，最可憐背人處紅淚偷彈。
　　　　　　　　　　盼佳期數不清黃昏清旦，還有個癡情種廢寢忘餐。
　　　　　　　　　　非是我願意兒傳書遞簡，有情人成眷屬不羨神仙。[2]

三、貞節烈女

　　像《西廂記》那種唯美浪漫的愛情戲，在南方所流傳的《陳三五娘》，當然也是不遑多讓。然而傳統社會對於一旦完婚之後的婦女，卻又賦予極高道德標準的束縛，甚至以標舉「烈女不事二夫」的貞節情操，來做為戲曲鋪陳的故事題

2　同前註。

圖3　伯啮相認（增合出品）

材。雖然從現代女性主義的角度來看是不合時宜，但是相關的傳說故事與戲齣題材卻層出不窮，「翁仔屏」也因此出現許多標舉貞節烈女的題材作品，由此不得不對傳統女性所承受的包袱與壓力感到委屈。

首先來看「伯喈相認」的作品，出自潮劇《蔡伯喈》的故事，相傳蔡伯喈與趙五娘新婚不久，便進京應考且高中狀元，但是牛丞相執意要強招蔡伯喈為婿，但是蔡伯喈以家有妻室而拒絕，同時向皇帝辭官而未獲准。就在此時家鄉遭逢大旱飢荒，趙五娘只好自食糠糧、而以米飯侍奉公婆，直到公婆病逝後在鄰人張公的資助之下，帶著琵琶上京尋夫。

從「翁仔屏」的表現來看，蔡伯喈的右手高舉指著官帽，左腳與左手微抬著，就好像正在說著你看我這一身官服，說明他自己的這一趟經歷；而趙五娘左手插腰的動作，通常在戲劇表演裡是表現質疑之意，彷彿：「告訴我正在問你呢！你快點告訴我呀！」然後既悄皮又指責著他：「告訴我，你這一身的官袍、你所有的經歷，都跟我說得清清楚楚。」至於趙五娘的眼神並未正視著她的丈夫，只是雙唇微微地開著，這二個人的神情都是處在團圓的喜悅，而都盡量地表達著我們沒有見面之後所遇到的一切事情。

另外一屏與「伯喈相認」劇情相似的，還有《彩樓配》（彩樓記）的呂蒙正與劉翠屏（劉月娥）之故事，同樣是典型富家千金與布衣才子的愛情故事，由於出身相府的千金劉翠屏，慧眼識得呂蒙正的才華，所以假藉繡球招親的機會以身相許，呂蒙正拾得繡球要求認親時，卻被相府排拒、寧可背信而要求索回繡球，劉翠萍代為出面說項不成，便脫下鳳冠霞披與呂蒙正出走，一同住進呂蒙正的破窯居所。雖然生環境困頓夫妻仍然恩愛，於是呂蒙正更奮發苦讀準備求取功名，後來赴京應考果然高中狀元，劉氏獨守寒窯終於盼到夫歸。

在「翁仔屏」作品正好有二屏，就是在表現《彩樓配》的「回窯」一景。畫面中看到劉翠屏懷裡抱著孩子，側眼觀察著站在眼前的這位男子到底為何人。而呂蒙正則是刻意穿著皇家的黃袍回窯，並以輕挑的身段、眉宇間透著調戲的表情，想來測試多年不見的家妻，是否依然守貞於自己，最後仍是被不受誘惑的節操所感動，相認團員而圓滿結局。

圖4　回窯（其合出品）

圖5　回窯（合興出品）

圖6 平貴回窯（其合出品）

　　在傳統戲曲中有三齣著名的「回窯」，除了前述呂蒙正與劉翠屏的《彩樓配》之外，還有薛平貴與王寶釧的《武家坡》（紅鬃烈馬），以及薛仁貴與柳金花的《汾河灣》。這三齣不但劇情相似，都是為了前程出外打拼，而將糟糠之妻安置於破窯中生活，連同結局也更相似，為了測試家妻是否仍然堅貞不二，還故意輕薄戲弄一番。

　　例如店號「其合」出品的薛平貴回窯之「翁仔屏」作品，畫面中薛平貴騎著快馬、雙腳踏著馬鐙，一路騎馬飛奔回窯一探究竟。然而王寶釧的表情，任由你這位軍爺如何調戲奴家，我一心一意、穩穩當當地等待我的夫君歸來。在實際的京劇演出之中，薛平貴戲弄王寶釧的詞句，和呂蒙正對劉翠屏的表情輕挑，都可在陶塑人物的臉上一覽無遺，關於京劇中薛平貴如何戲弄王寶釧，還有如下的詞句：

薛平貴　　（白）　　哎呀，且住。想我平貴離家一十八載，不知她節操如何，不免調戲她一番。她若貞節，與她相會，
　　　　　　　　　　她若失節，將她一刀兩斷，回轉西涼，也好見我那代戰公主也。
　　　　　　（西皮快板）洞賓曾把牡丹戲，莊子先生三戲妻。
　　　　　　　　　　　　秋胡曾戲羅氏女，薛平貴調戲自己妻。
　　　　　　　　　　　　弓囊袋內取書信，
薛平貴　　（白）　　大嫂有所不知，我那薛大哥，乃是風流浪子，將銀子俱都花費了。我乃貧寒出身，故而積的下。
王寶釧　　（白）　　這就不對了。我那丈夫也是貧寒出身，不會花費銀錢。
薛平貴　　（西皮原板）本利算來二十兩，並無有還我半毫分。
薛平貴　　（白）　　哎呀大嫂，又道善財難舍嚇！
　　　　　　（西皮原板）那一日在營中討取銀兩，他說道家還有王氏寶釧。
薛平貴　　（白）　　你倒推得乾淨。只怕這銀子還要出在你的身上！
　　　　　　（西皮原板）無錢他就把妻賣，一筆賣與當軍人。

王寶釧	（白）	嚇。當軍人是哪個？
薛平貴	（白）	哪哪哪，就是在下。
王寶釧	（白）	有何爲證？
薛平貴	（白）	立有婚書爲證。
王寶釧	（西皮快板）	軍爺說話禮不端，欺人猶如欺了天。
		西涼韃子殺了你，管教你一家大小屍不全！
薛平貴	（西皮快板）	是烈女就該在家園，爲何站在大街前？
		爲軍的起下不良意，一馬雙跨到西涼川。
王寶釧	（西皮快板）	一見軍爺翻了臉，不由寶釧心膽寒。底下頭來暗思念，
		猛然一計上心尖。抓把沙土迷他的眼，
	（白）	軍爺，那旁有人來了。
薛平貴	（白）	在哪裡？（王寶釧撒沙，走。）
王寶釧	（西皮搖板）	急忙跑回寒窰間。
薛平貴	（笑）	哈哈哈！
	（西皮搖板）	好一個貞節王寶釧，百般調戲也枉然。
		不騎馬來步下趕，夫妻們相逢在寒窰前。[3]

　　除此之外《汾河灣》中的薛仁貴，同樣是千金大小姐看上了有志氣的男子，下嫁與他沒多久之後出外從軍，這仗一打下來就是十來年，不但彼此分不清當年分離時的容貌，甚至還不小心出手傷了自己的小孩薛丁山。

3　「中國京劇戲考」網站「劇本」第 80000004 號《武家坡》（http://scripts.xikao.com/play/80000004），2000 年 12 月。

圖 7　霸王別姬（福合出品）

然而要凸顯傳統婦女對於愛情忠貞不移的極致表現，就是在自己的丈夫面前自刎而死，代表性的戲齣就是「霸王別姬」。「霸王別姬」是來自《楚漢春秋》的傳奇故事，雖然項羽本人是個英勇過人的英雄，成為推翻秦朝的義軍領袖，功成之後自立為西楚霸王；但是也因為他剛愎自用的個性，造成諸侯之間的反叛與混戰，最後在眾叛親離之下兵敗於垓下，直到退守烏江後因「無顏見江東父老」而自刎。

　　在「翁仔屏」中「霸王別姬」的題材表現，正是面臨大勢已去的項羽身旁，僅剩生死知己的美人虞姬，這時候虞姬只有跟項羽說：「我與你同飲一杯，不要多想了。」項羽心裡想想也是啊！一世英雄卻走到了這一步，從作品中項羽無耐的眼神，彷彿他大嘆了一聲氣，說道：「唉！想安項羽啊！」同時虞姬為了表示對項羽的忠貞愛情，遂在項羽之前自刎而死，留下了曠世英雄與美人的悲劇故事。其實在京劇中的演出，還有如下最經典的唱念：

項羽	（唱）	力拔山兮氣蓋世，時不利兮騅不逝。
		騅不逝兮怎奈何，虞兮虞兮奈若何！
虞姬	（白）	嚇，大王為何發此長歎？
項羽	（白）	美人吶，想孤家自出兵以來，今已五載七十余戰，未常有敗
		今日被困在垓下，此乃是天亡楚也！
	（西皮慢板）	孤家用兵勇無對，百戰百勝逞雄威。老天不把人意遂，
		九裡山前被賊圍。楚歌吹散我八千隊，眼見得霸業竟成灰！
虞姬	（白）	大王嚇，
	（西皮慢板）	自古常言道得好：烈女不侍二夫男。
		願借大王青鋒劍，情願盡節在君前。
項羽	（白）	只是你我恩愛一場，叫孤家怎能捨得？
虞姬	（白）	大王力圖霸業，前程萬里；妾身一命，輕如鴻毛。望大王勿以妾身為念！（虞姬自刎。）
項羽	（白）	美人吶！
	（西皮慢板）	一見虞姬尋短見，好叫孤家痛傷慘。可憐你為孤一命染，
	（哭）	青史名標美名傳！ [4]

　　在作品中虞姬拉著項羽的手，就像戲裡台詞所說的：「自古常言道得好，烈女不侍二夫男。願借大王青鋒劍，情願盡節在君前。」讓人聽了心有悽悽焉。

四、義薄雲天

　　傳統社會中除了會對女性賦予節操的道德規範之外，對男性來說則又是另一種不同的道德價值，也就是「肝膽相照」、「生死仗義」的情操表現。自從元明時代章回小說的普遍盛行之下，取材於《三國演義》、《水滸傳》的戲齣，便塑造出許多忠義情節故事的男性典範。

　　首先來看「翁仔屏」當中「關公辭曹」的作品，題材出自於《三國演義》，衍生的戲齣則計有《古城會》、《掛印封金》

4　「中國京劇戲考」網站「劇本」第 01021002 號《霸王別姬》（http://scripts.xikao.com/play/01021002），2000 年 12 月。

圖 8　關公辭曹（發合出品）

和《過五關》等。建安五年（196）關羽因兵敗而被曹操所生擒，由於曹操向來敬重關羽的武功與氣慨，希望能將關羽收在自己的麾下，所以禮賢關羽、致贈厚禮，並任命他擔任偏將軍之高位。至於關羽方面，為了保護劉備的二位夫人性命，除了言明早已和劉備、張飛義結金蘭，不可能背棄兄弟情義而投降之外，還約定有三件事：降漢不降曹、確保二位嫂夫人安全，以及得知劉備消息後立刻告辭。於是「身在曹營、心在漢」之下，關羽暫時投靠了曹操的麾下、並曾為曹營效力而出兵，斬殺了袁紹的文丑和顏良等名將。其後得知大哥劉備去向的訊息之後，就決定「掛印封金」、正式向曹操辭行。

　　從這一幕「翁仔屏」的人物表現來看，發現到這二位的表情可以說是完全極端地對比。由於曹操真得非常欣賞關羽，希望關羽能夠留在他的身邊效勞，所以看到關羽一臉認真、堅定辭行的表情，著實讓曹操感到詫異而無法接受。誠如前述所言，這一幕「掛印封金」的緣由，是因為曹操虜獲了劉備的二位嫂夫人，所以關羽此時才不得不留在曹營的麾下，但是他仍然一心只想要如何保全大哥劉備夫人的性命、安全地帶著嫂夫人回去。然而曹操也再三地表明他的心意，只要你關羽留在我這，我會給你好吃、好喝，給你最高的官位做，我甚麼都不會少給你的。只是曹操再怎麼地說得鬍鬚飛起、袍服飛揚，這時候關羽的表情也彷彿回應著，我必須把嫂夫人送回古城、和我的大哥那相會呀！尤其是我們桃園三結義誓死彼此效忠，所以不可能在你這地方為你所用，不論如何我是一定要回去，所以我是無法繼續留在這兒的，就請您就放我們離開吧！曹操不論如何地遊說著關羽，關羽他仍然不為所動。看著眼前這一屏「翁仔屏」的作品，真把曹操與關羽之間對話，還有神情與肢體都表現得栩栩如生。

雖然在戲曲表演之中，雙方彼此之間談得一派和諧，但實際上他們卻又暗地裡各有各的顧忌、各有各的盤算與計謀。當關羽向曹操辭行之後，曹操假借為他送行餞別之名，卻又私下命令許褚和張遼駐守在灞陵橋，以防止關羽一行離開曹營；另外一方面又在餞別的宴會上，想要以毒酒來加害關羽，只是被關羽識破之後，勃然大怒斥責其奸詐，於是帶領二位嫂夫人延路殺出重圍、過關斬將，共計通過五關、斬下六位將領之首級，這也就是來到了另外一屏「翁仔屏」《過五關》和《古城會》的戲齣劇情。

在這一屏「過五關」的作品中，可以看到關羽臉部的表情，真可謂是氣焰難平，在他眉宇之間充滿了憤慨，擺出大開殺戒的架勢，從中透露出他內心的想法，只要我大刀一抬、就可以斬盡阻擋我的人。至於他的臉部會充滿了殺氣，那是因為氣憤曹操詭計欺騙與蓄意加害他。雖然曹操一直想要挽留關羽在他的麾下，不過當關羽一旦辭意甚堅時，曹操是絕對不會留下他的性命，因為他想：「你不為我所用、我必殺你無疑。」所以曹操在表面上假惺惺地答應他，但私下卻派人用毒酒想要加害關羽，只是沒想到被關羽所視破。所以在他過關斬將的過程中，展露出「我無殺你之意，你卻有滅我之心」等憤恨之情緒，於是拿揮武起青龍偃月刀、殺氣騰騰地上陣。

在《水滸傳》之中也有幾種仗義的表現，只是比較屬於江湖草莽的類型，例如宋江可以為了保護朋友而殺妻，武松則可為報長兄之仇而殺嫂，在這打殺之間都是為了朋友之義、兄弟之情，雖然到頭來落草為寇，卻又成為民間心目中的英雄好漢。

首先來看這一屏「宋江殺妻」的作品，其典故是出自於《水滸傳》第二十回，宋江原本是任職於鄆城縣押司，但曾因公務之便私放了匪寇晁蓋，並且與落草在梁山泊的好漢有所來往。雖然宋江已經娶妻成家，但是幸好練拳習武、行走

圖9　過五關（發合出品）

圖 10　宋江殺妻（財記出品）

江湖和廣結善緣，因此時常冷落了嬌妻閻婆惜，導致其妻難耐而與張文遠（三郎）私通，並造成夫妻之間感情不睦。就在某一天夫妻口角、宋江氣憤早出時，被其妻閻婆惜發現與梁山泊來往的證據，待宋江想到返回拿取時，閻婆惜威脅要向官府告發、以了斷夫妻的關係。在「翁仔屏」作品中看到閻婆惜蹺著二郎腿，一臉蠻不在乎的樣子，卻看著宋江氣憤到極點，抬腿舉手揮劍刺向閻婆惜（持劍已缺佚）。在實際的京劇表演中，還有一段精彩的對手戲，因為他們之間爭吵得口沫橫飛：

閻惜姣	（白）	喲！你也是吃了酒啦！宋江，你知道太太不是三歲兩歲的小孩，讓你打哭，哄樂。你既是好漢，不能說了不算。哥兒啊，你跪下盟誓吧！
宋江	（白）	好！
	（西皮散板）	怒氣衝衝跪前廳，對著蒼天把誓盟：我若再進烏龍院……
閻惜姣	（白）	怎麼樣？
宋江	（西皮散板）	身遭橫死是我宋公明。
宋江	（白）	哈哈！這賤人做出此事，我倒再三忍耐；她竟敢這般大膽。難道看我宋江是好欺的不成！好，你們要打點了，要仔細了。
		哎呀且住，怪不得方才街坊言講：前面走的張文遠，後面跟隨宋公明。
		如今看來，此事是真！想這烏龍院乃是我宋江所置，我不來誰人敢來！我不來走誰人敢走！烏龍院無有風吹草動便罷，若有風吹草動，我就是這一刀。結果你們的性命。正是：
	（念）	任你行來任你為，看你花開幾十回！有朝犯在宋江手，鋼刀之下把命來追。
	（白）	她不是我的妻，何必太認真！大丈夫。提得起，放得下，說不來就不來。
		我不來——[5]

5　「中國京劇戲考」網站「劇本」第 70001106 號《烏龍院》（http://scripts.xikao.com/play/70001106），2000 年 12 月。

看著「翁仔屏」中的陶塑人物姿態，再回想前述這樣的台詞對話，於是整個舞台的動感就彷彿呈現在腦海裡。最後，就在其妻閻婆惜要脅告官、雙方你爭我奪之下，宋江一時氣憤難奈而下手殺了閻婆惜。後來宋江也從此展開逃亡生涯，直到落草之後成為梁山泊首領。

　　另外一屏「殺嫂」或「問嫂」，其典故是出自《水滸傳》第二十五回，當武松得知大哥武大郎遭到毒害之後，遂興師質問兄嫂潘金蓮事情的始末。另在傳統戲曲的《獅子樓》戲齣中，更描寫到武松得知其兄武大郎，是被豪門的花花公子西門慶，唆使其嫂潘金蓮用毒藥酒將武大郎毒死，於是具狀向官府告狀，奈何縣官事先接受了西門慶的賄賂，反而判定武松誣告而重打了他四十板。武松在怒憤填膺之下，決心私自找西門慶復仇，於是就在名叫「獅子樓」的酒館裡，將西門慶殺死，然後一併將潘金蓮，以及居中拉縴的王婆等人殺死。

　　在這屏「翁仔屏」的作品表現中，看到武松氣憤難消、向其嫂質問究竟是怎麼一回事；至於潘金蓮則驚懼而心虛地跪在地上，不知道該如何地自圓其說，其緊張而充滿肅殺之氣氛，呈現在整個「翁仔屏」作品中。後來在武松憤殺西門慶和潘金蓮等人，以告祭其兄武大郎的靈位，然後武松行自行向官府自首，雖然被判流放之刑，但是在流放的途中幾度遭人污陷，只好改裝成為僧侶逃亡。

圖11　殺嫂（問嫂，出品店號不明）

圖 12　蘇三起解（潘合出品）

五、結語：人間有愛

　　論及傳統戲曲中的故事與題材，除了兼具日常生活的娛樂機能之外，也扮演著教忠教孝、倫理道德觀的傳遞任務；但是另一方面又會有唯美浪漫的愛情故事，或是江湖好漢的英雄事蹟，填補了日常生活的空虛。除此之外，傳統戲曲也會有人間溫暖與大愛的表現，傳遞了人性本善的光輝面向，其中最具代表的戲齣就是「蘇三起解」。雖然這是一齣令人惋惜、悲劇收場的折子戲，但是在腳色人物的互動過程之中，無處不真情流漏，關愛與悲憫之情油然而生，是故擬以這齣「翁仔屏」的作品做為本文結語。

　　關於「蘇三起解」是出自於《玉堂春》，蘇三是一名被拐賣到北京蘇淮妓院的妓女，因排行第三才改名為蘇三，其花名又叫做「玉堂春」。原本與官宦的子弟王景隆一見鐘情、私訂終生，但是因床頭金盡而被老鴇驅逐出妓院，然而對王景隆情深似海的蘇三，還私下致贈銀兩、鼓勵他進京應試，其後一舉中第、出任山西巡按。誰知就在此時，蘇三被老鴇轉賣給山西的馬販沈洪為妾，由於沈洪之妻與鄰里的趙昂私通，為圖隱瞞姦情、篡奪家產，於是二人合謀毒死了親夫沈洪，另一方面更誣陷蘇三犯案藉以脫罪。可憐的蘇三不但含冤莫白，再加上洪桐縣令王知縣已事先接受賄絡，因此蘇三更被嚴刑逼供、屈打成招，其後判定死罪而拘禁於死牢，等候押赴省城太原問斬。

從這屏「蘇三起解」的「翁仔屏」作品來看，就是衙役崇公道（公道伯）押解蘇三，前往省城太原準備秋後問斬之一景。然而不像前述幾屏作品之中同台戲的人物，因為這一男一女、一老一少的他們確實是關係緊密的，這一位光著膀子的公差老伯就是崇公道，另外一位披著官差衣服的美女犯婦就是蘇三，但從蘇三感恩滿懷的表情，與公差老伯一臉接受不起的神情來看就很有戲了。原來在這一路上蘇三對著崇公道，哭述著自己的身世坎坷，以及後來遭遇奸人所害的冤屈，讓原本對她疾言厲色的崇公道，不但了解眼前的這位姑娘的確是被冤枉了，更在同情蘇三坐監後的衣服襤褸，再加上入秋以後的天寒地凍之下，直接將自己的衣服披在蘇三的肩上保暖，光看到這一幕的真情關愛就已經相當暖人心了。另外在實際的京劇演出中，蘇三一路闌珊還一路跪唱著：

（西皮流水板）蘇三離了洪洞縣，將身來在大街前。未曾開言我心內慘，過往的君子聽我言，哪一位去往南京轉，與我那三郎把信傳，言說蘇三把命斷，來生變犬馬我當報還！

蘇三　（西皮慢板）　想起了當年事好不傷情！每日裡在院中纏頭似錦，到如今只落得罪衣罪裙！

蘇三　（白）　看將起來，你倒是個好人哪！

崇公道　（白）　咳，好人怎麼著，你瞧我這個歲數啊，連個兒子都沒有！

蘇三　（白）　取笑了！老伯若不棄嫌，情願拜在老伯名下，認為義女。不知意下如何？[6]

　　後來蘇三在這一路被押解的路途上，不但深受衙役崇公道的照顧，更從最後一段的口白中，得知年邁的大好人崇公道膝下沒有一兒半子的，所幸蘇三直接認了他做乾爹，換言之他們兩個人已經是義父義女的父女關係了，真可謂是人間處處有溫暖的真愛表現。雖然到最後蘇三仍然難逃一死，可是這份珍貴的父女親情，滋潤了蘇三人生的最後歲月與旅程。

6　「中國京劇戲考」網站「劇本」第 04004001 號《玉堂春》（http://scripts.xikao.com/play/04004001），2000 年 12 月。

生 • Male Role

行當：生
Male Role

「生」是通稱傳統戲曲中的男性角色，並且是以素臉（不著花色）的面目示人。「文生」顧名思義，就是指不會武功或風流瀟灑的男性青年，腳色的應用上可能是新科狀元郎，或書香門第、飽讀詩書的秀才，當然也可能是懷才不遇、暫時落魄的布衣，但絕大多是才情兼具與外形俊秀的青年。

主題：小　生
店號：財　記
說明：此為舉止優雅、風度翩翩的青年書
　　　生，是戲曲表演中的典型小生腳色。

主題：小　生
店號：無款識
說明：手持算盤、謙卑有禮，反映出一位
　　　努力向上、經營事業的有為青年。

主題：小　生
店號：秀　記
說明：該件作品前額剃髮、後留髮辮（已缺佚），卻
　　　穿著西式禮服，可見是清末民初的時裝人物。

主題：小　生
店號：無款識
說明：該件是店員或是做買賣的商人，也是屬於當時
　　　的時裝劇腳色。由此反映當地時裝劇開始盛行。

旦 • Female Role

偶陶畫戲
潮汕彩繪翁仔屏泥塑展

行當：旦
Female Role

「旦」是泛指戲曲中的女性角色，可指年輕貌美但不會武功的女性，若再依潮劇做進一步的細分，又可分為「彩羅衣旦」、「藍衫旦」、「衫裙旦」和「烏衫旦」。其中彩羅衣旦是指花樣年華的花旦；藍衫旦與衫裙旦則都是成年的女性小旦，但不同差別在於前者是較為端莊的千金閨秀，後者則較為嬌艷風騷的婦女；烏衫旦則等同於少婦的青衣。至於年紀更長的便是「老旦」，潮州當地直稱為「婆」。

主題：花　旦
店號：瑞　合
說明：花旦又名為彩羅衣旦，是指年齡較輕、性格
　　　天真的少女，身段上多以活潑靈巧為主。

主題：小　旦
店號：無款識
說明：這位女性衣著鮮豔、個性活潑外向，
　　　由此可見是一位風情萬種的衫裙旦。

主題：老　旦
店號：成　記
說明：這是年事已高的老年婦人，至於老旦演出時
　　　是素臉不著化妝，以演員的原始面貌呈現。

主題：小　旦
店號：合　昌
說明：該件旦角的容妝與造型相當別緻，與常見戲齣的小旦截然不同，這是
　　　取材於京劇梅蘭芳的旦角而來，由此可知京劇與當地潮劇的交流關係。

主題：小　旦
店號：福合金記
說明：此為已婚之女性，潮劇別稱為烏衫旦，即京劇中的「青衣」。值得注
　　　意的是髮髻造型，在潮州叫做「大後尾」，是京劇或各地方戲曲所未見。

主題：小　旦
店號：成　記
說明：頭戴硬式鳳冠、肩披霞帔之旦角，是古代的新娘妝扮，在京劇中
　　　稱之為「花衫」，常適用於樊梨花（武）、王昭君和楊貴妃的腳色。

武生武旦
Acrobatic Male/Female Role

行當：武生、武旦
Acrobatic Male/Female Role

「武生」是相對於文生而言，即身懷武藝高強的青年男子，有些是穿著靠服的年輕武將，有些則是緊身短打的草莽英雄，至於已屆中老年齡的武裝生角，則是屬於老生行當之中的武老生。另外，會武功的女性則稱之為「武旦」，為便利於武藝身手的俐落展現，外型上遂以輕裝簡便為主，當然也會有穿紮靠服的女將身份出現。一般來說武旦的年齡不會太大，多在彩羅衣旦與烏衫旦兩者之間，到了老旦的年歲就少有武打的場面。

主題：武　生
店號：泉　合
說明：該名武生穿著軍裝「靠」服，潮州則稱之為「甲」，由於背後未
　　　見靠旗，是故並非高級軍階的長靠武生，而是一名年輕的軍官。

主題：武　生
說明：這位女身懷武藝的年輕軍官，所穿著的是輕便的軍裝，稱之為「鎧」
　　　或「大鎧」，差別在於沒有凸起的靠肚，便於武功的展示與操演。

主題：武　生
店號：王　合
說明：這位女身懷武藝的年輕軍官，所穿著的是輕便的軍裝，稱之為「鎧」
　　　或「大鎧」，差別在於沒有凸起的靠肚，便於武功的展示與操演。

主題：武老生

店號：福　合

說明：老生原本是大行之中的「末」，沒落之後歸屬生行，因於
　　　身著錦綵的戎裝便服，可見是一位軍階不小的將軍元帥。

主題：武　旦
店號：發　合
說明：像這樣盛裝長靠（背有靠旗）的女將，其身份不容小覷，大多是戲
　　　齣裡的重要主角，而且既能打又能唱，在京劇裡稱之為「刀馬旦」。

主題：武　旦
店號：發　合
說明：擁有武藝的武旦，僅著輕裝鎧甲、而未紮長靠，因此是屬於短打武旦的腳色，
　　　在外型上是以輕裝簡便而動作俐落為主，並且是以武打較多、而唱工較少。

主題：武　生
店號：無款識
說明：僅著輕裝但身手矯健，卻未紮靠著軍服者，一般都是屬於短打武生，
　　　在戲齣中大多是行俠仗義的江湖俠客，或是劫富濟貧的綠林好漢。

淨 • Face-painted Male Role

行當：淨
Face-painted Male Role

「淨」俗稱大花臉，潮劇則稱之為「烏面」，即在臉上勾畫
有各種色調與造型圖繪的臉譜，也是傳統戲曲藝術最具特色
的典型人物。淨角人物基本上都是個性相當凸顯強烈，性格
特質上更與常人迥異，因此淨角特重於抽象的臉譜勾繪，還
有誇大而張力十足的唱念與動作，一出場時便可讓觀眾立即
感受到，這個腳色的人格特質和忠奸善惡，故動態上遠比其
他的行當誇張。至於淨角的色調與性格判斷，大致上可歸納
如下的基本色調：紅色表赤膽忠誠，剛毅正直；黑色表豪邁
粗獷、耿直莽撞；白色則表陰險狡詐、奸臣權謀等。

主題：淨
店號：王　合
說明：以紅面色系為主的淨角人物，按照傳統對花臉色系的詮釋，是表赤膽忠誠、
　　　剛毅正直的腳色。至於此件作品則是全貌紅面，是故表現忠義雙全的關雲長。

主題：淨
店號：無款識
說明：以紅面色系為主的淨角人物，是表赤膽忠誠、剛毅正直的腳色。其手
　　　勢動作，相對比其他行當來得高，基本上只有淨角人物才會高過眼部。

主題：淨
店號：福　合
說明：抬腿揮拳、架勢十足的黑花人物，由於個性上非剛即猛，除了銅嗓破聲、威武
　　　震撼的唱做之外，更注重體態與氣勢的展現，所以要盡可能拉大肢體的動作。

主題：淨
店號：無款識

主題：淨
店號：無款識
說明：武身的花臉人物，即潮劇中的「武烏面」，其最大的特色，在於面闊與花臉的
　　　表現。還可依花臉勾繪，分為大花臉與碎花臉，強調其性格豪邁粗獷、耿直莽撞。

主題：淨
店號：發　合
說明：以武身的白色系花臉為表現，在戲齣中常是負面的
　　　反派腳色，例如陰險狡詐、詭計多端的奸人權臣。

主題：淨

店號：欣　合

說明：身著位居人臣之上的蟒袍，卻以白色系的花臉腳色展現，推
　　　知是位高權重的負面反派人物，又以梟雄曹操為典型代表。

主題：淨

店號：欣　合

說明：身著蟒袍之淨角，又以紅白相間之花臉色系，表現出個性剛強、亦正
　　　亦邪的人格特質，因與曹操對戲成組，只是不詳是三國的何許人物。

主題：淨
店號：待　考
說明：雖以僧人服飾為扮相，但卻是淨角人物，再加粗暴鹵直的草莽形象，完全顛覆出家人以
　　　和為尚的本質，表現戲曲中行為特異的出家人，例如最知名者便是《水滸傳》中的魯智深。

主題：淨

店號：瑞　合

說明：同樣是淨角的出家人扮相，卻展現狂野不羈的草莽
　　　形象，猶如《醉打山門》中，性格剛烈火爆的魯智深。

丗 • Comedy Role

行當：丑
Comedy Role

「丑」是專司打科插渾、俏皮搞笑的喜劇性人物，對於劇情的發展可起潤滑與嘲諷的效用。丑最典型的妝扮是在眉目之間塗抹白墨，故在京劇或其他戲曲中被稱為「小花臉」、「三花臉」，台灣北管戲則簡稱為「小花」，閩南布袋戲偶的丑角多做開口狀，故又名為「笑」。以丑做為腳色的人物，並不限於一般的市井小民或乞丐，也可能是思想迂腐的知識份子，或是愚昧又搞笑的官吏；有些則是性格豪爽且善良，正義感強烈、好打不平的奇人，是故丑角人物中正反面的腳色均有。有時會在戲中的關鍵時刻，發揮緊急救援或臨門一腳的重要腳色，在戲中扮演急時雨的救星腳色。

主題：褸衣丑
店號：合　儀
說明：丑角是潮劇典型的行當，此件的身分可能是一位「報馬仔」，常自由
　　　地將日常生活的舉止，融入到肢體表演之中，製造喜劇性的逗趣效果。

主題：官袍丑
店號：揚　合
說明：雖官戴硬盔、具皇親或高階官員的身分，但刻意以丑行
　　　扮相、面露愚昧之神態，有意醜化該身分尊貴的人物。

主題：裘頭丑
店號：無款識
說明：又可名為襤衣丑和長衫丑，常以清裝留辮（時裝戲）為主。
　　　大多表現農民、貧窮或乞丐，表演程式也較自由活潑。

主題：項衫丑
店號：財　記
說明：出身富貴人家的丑角，可能是年輕的公子哥，
　　　但往往是玩世不恭、性好漁色的花花公子。

偶陶畫戲
潮汕彩繪翁仔屏泥塑展

主題：踢鞋丑
店號：福　合
說明：雖然在江湖行走、或是出入草莽的底層甘草人物，但不僅略有拳腳
　　　特技與功夫，甚至大多是具有正義感，所以在戲齣中是正面人物。

主題：女　丑
店號：泉　合
說明：女丑與老旦雖無明顯的差別，但大多是言詞誇張的媒婆、
　　　貪心勢力的老鴇，當然也有心地善良卻搞笑的老婦女。

主題：小　丑
店號：成　記
說明：大多是年紀較輕、或是較低下的身分，例如酒館裡的店小二，或
　　　是文生旁邊的書僮。常以肢體的表演，製造喜劇性的逗趣效果。

主題：老　丑
店號：勝　合
說明：年紀較長的丑角人物，大多是扮演正直善良，性格風
　　　趣的底層人物，而且常在劇情發展中具有關鍵的地位。

戲曲表現
Drama Presentation

陳三五娘
Chen San and Wu-niang

陳三與五娘的愛情故事，是取材於閩南、粵東最著名的民間
傳奇，戲齣又以《荔枝記》、《荔鏡記》為主，或直稱《陳
三五娘》。相傳元宵節的當夜，潮州富豪黃九郎之女五娘，
偕婢女益春在觀賞花燈時，被武舉人林大遇見之後一見傾心，
便逕向黃家送聘提親。此舉造成黃五娘相當不快，於是到廟
庵問神求卜，得知六月初六夜，將會緣訂前世的情郎。當夜
果然有來自泉州青年陳三，正巧路過黃家的樓下，黃五娘遂
投以荔枝示意。陳三抬頭見到五娘之後，亦是一見鐘情於五
娘，遂假藉磨鏡工人的身份混進黃府，加上婢女益春的從旁
協助，遂發展出一段纏綿的愛情故事。後來由於黃九郎逼嫁、
林大又仗勢強取，於是陳三與五娘只好私奔回泉州，黃父在
氣憤之下買通了縣官，將陳三羅織罪刑判決流放，幸好被陳
三之兄陳必延所搭救，最後陳三五娘才團圓結成姻緣。

主題：陳三五娘
店號：財　記
說明：陳三假藉磨鏡工人，因故摔壞銅鏡而自願以工代償損失，混進
　　　黃府之後伺機接近小姐黃五娘，並捧持臉盆侍奉小姐梳洗容妝。

主題：陳三五娘
店號：貳　合
說明：本屏表現陳三混進黃府擔任長工，以家僕的身
　　　分接近小姐五娘，手捧臉盆以侍奉小姐的梳洗。

主題：陳三五娘
店號：東　河
說明：陳三混以家僕的身分，手捧臉盆（已缺）侍奉小姐五娘梳洗；另外五娘身後的一位婢女，即是促進他們戀情的益春。
備註：本屏屬於文革以後的新作，2003年筆者赴潮州田野期間，曾拜訪過該屏原作者吳東河先生，當時已經是九十高齡
　　　的老先生，確認這是他二、三十年前所做。

西廂記
Chang Sheng and Tsui Ying-ying

《西廂記》的故事源自唐元稹的小說《鶯鶯傳》（又名《會真記》），敘述唐德宗貞元年間（785～805年），寄居蒲州普救寺的少女崔鶯鶯，和書生張生戀愛的故事，本來是悲劇收場，直到董解元改寫（後稱《董西廂》），以及王實甫改編之後，才成為眾所熟知的喜劇版本。《西廂記》是以崔鶯鶯、張生、紅娘為主要人物，自從鶯鶯和張生一見鍾情之後，在普救寺內過從甚往；但老夫人卻把鶯鶯許配當朝尚書之子鄭恆為妻，加上私情敗露之後，也就遭到嚴重的阻礙。但同時因孫飛虎叛亂兵圍普救寺，反而帶來張生與鶯鶯戀情的轉機，終於有情人終成眷屬。

主題：張生與紅娘
店號：昌　記
說明：本屏表現婢女俏皮可愛的紅娘，接受小姐崔鶯鶯之託，去引領張生到後花園相
　　　會。俏皮可愛的不顧男女有別，直接伸手抓住張生手臂，以免讓小姐苦等久候。
　　　另一方面，被拉前行的張生既欣喜，卻又稍嫌有違禮教，而腳步顛起、不知所措。
備註：本屏是古代翁仔屏的原始形式，包括木箱與背景摺紙，都是作品的原件。

主題：張生與崔鶯鶯
店號：瑞　合
說明：本屏是在表現崔鶯鶯與張生，於花園普救寺的後花園中相會之一景，從張生的腳步急
　　　切、伸手相邀，以及崔鶯鶯欲拒還迎的嬌羞之姿，感受到古代戀情發展的含蓄與浪漫。
備註：本屏是古代翁仔屏的原始形式，背景與造景之摺紙均保存良好，可說是難得之作。

回 窯
Return to the Cave-dwelling

〈回窯〉折子戲出自於《彩樓記》，是典型富家千金與布衣才子的愛情故事，由於相府之女劉翠屏，慧眼識得呂蒙正的才華，遂藉繡球招親委身相許，雖經反對和排斥，夫妻仍然恩愛對抗逆境，並更奮發苦讀準備求取功名。後來呂蒙正赴京應考、高中狀元，劉氏則獨守寒窯望夫歸。潮州歌謠《正月開書齋》即有：「十二月梨花開滿叢，蒙正當初未成人，可憐丞相千金女，受盡飢寒破窯中。」與此相同主題共計二屏，分別出自不同的店號。雖然類似「回窯」故事的情節，尚有《武家坡》（薛平貴）、《仁貴回窯》等，不過從旦角懷中的幼兒來推斷，則劇情較接近《彩樓記》。

主題：回　窯
店號：其　合
說明：呂蒙正高中狀元之後，心繫嬌妻苦守寒窯，趕回探視之一景，但是不免又故意假冒他
　　　人、戲弄一番。至於劉翠屏母子身穿樹葉裹身，寫實地表現出衣不蔽體、受盡飢寒之苦。

主題：回　窯
店號：合　興
說明：呂蒙正高中狀元、衣錦還鄉，但卻假冒他人，高調而輕
　　　佻地戲弄其妻劉翠屏，藉以測試是否堅貞於夫妻情義。

平貴別窯
Hsueh Ping-kuei leaves the Cave-dwelling

傳統戲目《平貴別窯》，是描述薛平貴家道中落，來長安投
親又不遇，所以生活貧苦，但難掩文武雙全的豪氣。相府千
金王寶釧慧眼識才，不惜與其父三擊掌決裂而委身下嫁，並
跟隨平貴在寒窯度日。婚後鼓勵平貴投軍、創下一番作為，
其後果然殺敵無數、屢建奇功，但功勞都被副元帥魏虎搶去，
更遭其陷害而險喪西遼，沒想到卻因禍得福，受西遼代戰公
主搭救而締結良緣，成為西遼王朝的駙馬爺。十八年後接獲
義兄送來寶釧的血書封，遂單騎走三關直奔回長安。魏虎得
知又想加害於他，反倒使平貴是大唐皇子李溫的身份被證實；
同時魏虎又兵變謀反，所幸代戰公主率領西遼兵馬來解危，
薛平貴一家才登殿團圓。類似的故事情節，尚有《仁貴回
窯》)、《破窯記》(《彩樓記》)等；不過從生角戎裝紮靠中
的妝扮來推斷，則劇情較接近《平貴別窯》。

主題：平貴別窯
店號：福合金記
說明：此作是薛平貴出征前，向坐在窯洞中王寶釧告別之一景。

平貴回窰
Return to the Cave-dwelling

《平貴回窰》出自傳統戲目《武家坡》（紅鬃烈馬），是《平貴別窰》故事的後續完結，描述離家從軍的薛平貴，果然殺敵無數、屢建奇功，只不過被副元帥魏虎爭功，更遭其陷害而差點命喪西遼，所幸被西遼代戰公主相救，並因此結親而成西遼駙馬爺。十八年後接獲義兄送來寶釧的血書封，遂單騎走三關直奔回長安，並急於探望闊別十八年的髮妻。然而在戲齣中的情節重點，卻著重於薛平貴故意扮成他人，還蓄意輕薄調戲、利誘王寶釧變心，藉以測試其是否堅守婦道、忠貞不二，幸好王寶釧對薛別貴始終如一、不為所惑。其後薛平貴揭示真實身分、夫妻闔家團圓。在傳統戲曲中的三齣「回窰」，除了《平貴回窰》之外，還有呂蒙正與劉翠屏的《彩樓配》，以及薛仁貴與柳金花的《汾河灣》。這三齣不但劇情相似，都是為了前程出外打拼，而將糟糠之妻安置於破窰中生活，連同結局也更相似，都為了測試家妻是否忠貞，而故意輕薄戲弄一番。

主題：平貴回窯
店號：瑞　合
說明：本屏表現薛平貴回窯、以各種利誘試
　　　探其妻，但王寶釧卻狐疑而予以婉拒。

主題：平貴回窯
店號：其　合
說明：王寶釧以堅毅而委婉的態度，拒絕
　　　了假冒他人的薛平貴之巧言利誘。

偶陶畫戲

潮汕彩繪翁仔屏泥塑展

主題：平貴回窯
店號：合　昌
說明：薛平貴騎快馬回窯之後，卻故意冒充
　　　他人，並以輕佻的態度戲弄王寶釧。

蘇六娘（桃花過渡）
Su Liu-niang(Tao-hua and the Ferryman)

本屏作品出自潮劇《蘇六娘》的其中一段對唱，相傳明代潮州女子蘇六娘與表兄郭繼春相戀，但其父母卻執意許配給楊子良，蘇六娘為躲避父親的逼嫁，遂由婢女帶領逃家，途中必須渡船過河，艄公知曉實情仗義相救，蘇六娘得以和郭繼春相逢。戲中還有桃花與艄公對唱比試的情節，贏的話可以免費渡河，後來就傳為民間流行的歌謠。關於《桃花過渡》的唱詞版本相當多，基本上是以每月的事物做為歌誦的主題，再串成一年十二個月的問答對唱，故饒富地方風物與民俗趣味。

主題：桃花過渡
店號：財　記
說明：作品中的老丑正載歌載舞，即是描寫桃花與渡船的艄公，正在展開一段精彩的對唱。
備註：本屏之旦角缺佚不明，目前所見並非原屏作品。

蘇三起解
The Arrest of Su San

〈蘇三起解〉出自傳統戲目《玉堂春》。蘇三原名周玉潔，
五歲時父母雙亡後，被拐賣到北京蘇淮妓院，因排行第三遂
改名為蘇三，花名為「玉堂春」，天生麗質、聰慧好學，琴
棋書畫亦樣樣精通。後來與官宦子弟王景隆一見鐘情、過往
甚密，並立下山盟海誓。但不到一年王景隆床頭金盡，被老
鴇趕出門，蘇三也被老鴇以一千多兩銀，賣給山西馬販沈洪
為妾。沈妻與鄰里趙昂私通，合謀毒死沈洪後誣陷蘇三，知
縣亦貪贓受賄，對蘇三嚴刑逼供，以達屈辱成招的目的，再
拘禁於死牢之中待斬。另一方面王景隆進京高中進士，出任
山西巡按，密訪洪洞縣探知蘇三的冤情，即令火速押解蘇三
乙案所有人員到太原。

主題：蘇三起解
店號：潘　合
說明：衙役公道伯（崇公道）在押解蘇三途中，始瞭解到這位犯婦，原來是受到冤屈，於是
　　　心生同情與惻隱之心，在入秋的天寒地凍之下，貼心地脫下軍服，而披在蘇三的身上。

蔡伯喈
Reunion of Tsai Po-chieh and his Wife

傳統潮劇的戲齣《蔡伯喈》，是描述書生蔡伯喈與趙五娘，
在新婚不久即奉命進京應考，並且高中狀元。但是牛丞相看
中蔡伯喈的學識與人品，執意要強嫁愛女、強招為婿，並誘
之以高官顯祿來博取應允。所幸蔡伯喈以家有妻室而婉拒，
同時為了及早返家團圓，只好向朝廷辭官返鄉，然皇上又未
予以批准。另一方面家鄉適逢大旱，孝順的趙五娘自食糠糧，
但以米飯侍奉公婆，直到公婆病逝之後，在鄰人張公的資助
之下，帶著琵琶沿路走唱、上京尋夫，最後尋得蔡府，繼而
夫婦相認而闔家團圓。

主題：伯喈相認
店號：增 合
說明：本屏表現趙五娘進京尋夫，尋得在京為
　　　官的蔡伯喈府第後，夫妻二人相認之景。

搜書院
Searching the School

傳統劇目《搜書院》的故事,是描述在重陽節當天,瓊台書院的學生張逸民,拾得一只斷線的風箏,興起在風箏上題詞,並交給前來尋找的鎮台府婢女翠蓮攜回,但是當鎮台夫婦發現題詞時,懷疑翠蓮勾引情夫、行為不軌,經一番的拷打之後鎖入柴房。當晚翠蓮女扮男裝趁夜潛逃,途中遇到瓊台書院的掌教謝寶,回到書院得見張逸民,並告知上述情事。鎮台聞訊之後勃然大怒,帶兵將瓊台書院團團包圍,並強勢要進入書院搜捕婢女翠蓮。此事讓謝寶相當看不慣,因而故意巧妙設計,大挫了鎮台的氣焰,於是拯救張逸民和翠蓮順利脫險,也讓他們終成眷屬。

主題：搜書院
店號：成　記
說明：屏表現盛怒的海南鎮台，懷疑婢
　　　女翠蓮勾引情夫，因而抓起她的
　　　手臂，疾言厲色地質問之一景。

白蛇傳
The White Snake Legend

傳統劇目《白蛇傳》，是家喻戶曉的民間神話故事。傳說修行千年的白蛇精化身民女白素貞之後，雖與許仙譜出一段眾人稱羨的戀情，但被法力高強的法海和尚識破身份，本於唯恐妖孽危害人間的慈悲，強力拆散這對夫婦來保護許仙。白素貞現出原形白蛇精之後，憤慨老和尚無故來拆散姻緣，遂來到法海的道場金山寺興師問罪，其後展開了一場大鬥法，期間白蛇為求勝戰，不惜引來洪水大淹金山寺，結果卻為杭州百姓帶來洪水泛濫、死傷不計其數。在天理不容之下，被收伏之後鎮壓在雷峰塔下。關於白蛇與法海和尚鬥法的情節，又被改編成《金山寺》、《雷峰塔》等折子戲齣。

主題：水淹金山寺
店號：莫　合
說明：作品表現白蛇精白素貞，雙手合十、念
　　　咒作法，即將與法海和尚來一場大鬥法。

主題：水淹金山寺
店號：恩　合
說明：白蛇精白素貞全力向法海和尚施法，而法海和尚
　　　也以拂塵回擊，使得二人的鬥法場面劇力萬鈞。

呂洞賓三戲白牡丹
Lu Dong-bin and Bai Mu-dan

改編自民間傳說的《呂洞賓三戲白牡丹》，雖然與正統道教
中有關呂洞賓的傳奇不符，但是其風流倜儻的故事卻在民間
廣為流傳。相傳受命為太子之師的呂洞賓，在雲遊時遇見長
安第一名妓白牡丹，在情愫相生之下熱烈追求，於是展開了
兩人之間的愛情故事，最後決定互托終生，奈何當時的皇帝
有意強佔為妃，而將呂洞賓逐出、拆散二人姻緣。直到後來
經蓬萊大仙開示，才知他與白牡丹都是受天命而下凡，是故
斷了凡心與男女之情。同時還有首要的任務，就是要到蓬萊
仙島度化何仙姑，然而在民間傳說中的，呂洞賓又與何仙姑
有一段愛情故事。總之，呂洞賓常被民間誤傳為多情的神仙，
其結果也都是緣盡而情未了的收場，所以才會有情侶不能拜
呂洞賓的說法。

主題：呂洞賓三戲白牡丹
店號：發　合
說明：呂洞賓牽起白牡丹之手，互訴情意之一景，原
　　　呂洞賓之身後，尚揹有一把寶劍，今已缺佚。

偶陶畫戲

潮汕彩繪翁仔屏泥塑展

主題：呂洞賓三戲白牡丹

店號：合　昌

說明：本屏表現呂洞賓對白牡丹的濃情，在牽
　　　起小手之霎那，白牡丹既嬌羞而情怯。

霸王別姬
Farewell to My Concubine

傳統戲齣《霸王別姬》的故事，取材於秦末楚漢相爭，到了明代已可見《千金記》戲文，還有《楚漢春秋》的傳奇，較常見的戲齣表演仍以《霸王別姬》為主。秦朝末年群雄四起，其中項羽英勇過人、引兵渡過漳河打贏了鉅鹿之戰，從此成為亡秦義軍的領袖，並自立為西楚霸王。但剛愎自用的性格引起群雄不平之議，於是再度爆發諸候之間的混戰，幾年之後形成劉邦與項羽相持對峙的局面。漢高祖五年（西元前201）十二月，由韓信率軍和彭越等會攻項羽，項羽兵敗於垓下（安徽靈璧），直到退守烏江（安徽和縣）。當時項羽的生死知己虞姬，因見其大勢已去，同時為表示對項羽的忠誠，遂在項羽之前自盡，不久項羽也自刎而死，留下了英雄與美人的悲劇收場。

主題：霸王別姬
店號：福　合
說明：本屏中虞姬向西楚霸王項羽，表達願以死來守護
　　　堅貞之情，項羽則不捨地牽住其手。奈何最後虞
　　　姬趁著項羽不備，拔出其腰間配劍自刎而死。

烏龍院（宋江殺妻）
Wu Long Wen (Sung Chiang Kills His Wife)

傳統戲齣《烏龍院》的故事，相似的劇目還有《宋江鬧院》
和《坐樓殺惜》，改編自《水滸傳》第二十回中的情節。號
稱「及時雨宋公明」的宋江，在落草之前任職鄆城縣押司，
因公之便私放晁蓋投奔梁山泊，並與梁山的好漢有所來往。
由於平時練拳尚武、性喜結交江湖朋友，故而少近女色而常
不歸宿，導致其妻閻婆惜在外與人私通，宋江即使風聞也本
不以為意。但有一晚宋江與婆惜口角，氣憤下趁早出門時，
才發現與梁山泊交往的招文袋和黃金，被遺忘在婆惜的住處。
至於婆惜發現之後，欲藉此告官來了斷夫妻關係，正好可與
姘夫張三成就姻緣。就在雙方你爭我奪之下，宋江一時氣憤
難奈而下手殺害。後來宋江差點被解送官府，從此展開逃亡
生涯，直到落草之後成為梁山泊首領。

主題：宋江殺妻
店號：財　記
說明：由於宋江與梁山好漢私通的證據，被其妻閻
　　　婆惜發現後，藉此要脅告官來了斷夫妻情分，
　　　為了仗義保護朋友，於是憤而手刃其妻婆惜。

殺嫂（問嫂）
Killing the Sister-in-law

〈殺嫂〉（問嫂）的情節來自傳統戲齣《武松殺嫂》，至於故事則出自《水滸傳》第二十五回。在得知大哥武大郎遭毒害之後，遂興師質問兄嫂潘金蓮事情的始末。後來在罪證確鑿之下，憤殺其嫂潘金蓮，連同姘頭西門慶，以及居中拉綫的王婆等人一併殺死，以告祭其兄武大郎的靈位。武松行兇後自首，故未被判及死罪，改判為流刑，但在流放途中幾度遭人污陷，最後發生仇殺滅門之後，改裝成僧侶逃亡，直至與魯智深等人落草為寇。相似的劇目還有《獅子樓》，描寫到武松具狀向官府告狀，奈何縣官事先接受了西門慶的賄賂，反而判定武松誣告而重打了他四十板。武松在怒憤填膺之下，決定私自找西門慶復仇，於是就在名叫「獅子樓」的酒館裡，將西門慶殺死，然後一併殺死潘金蓮與王婆等人。

主題：殺嫂（問嫂）
店號：無款識
說明：當武松得知大哥武大郎遭到毒害之後，遂興師質問兄嫂潘金蓮
　　　事情的始末。尤其是氣憤難消的武松、盛怒地質問究竟是怎麼
　　　一回事，心虛的潘金蓮則驚懼地跪在地上，不知如何自圓其說。

武松打店
Wu Sung Fights at the Inn

傳統戲齣《武松打店》又名《十字坡》，敘述武松因殺嫂替
兄報仇，而被充軍發配到孟州，一路由大小二解差押送，途
經十字坡上的黑店投宿，而且差一點險遇不測，至於黑店的
男女老闆為張青與母夜叉孫二娘，他們同樣也是梁山伯的好
漢之一，只是因起初不打不相識，經過誤會冰釋後才知是一
家人。不過，依據《百屏花燈歌》中的「武松在住店」，則
又延續到《水滸傳》第三十一回的故事，即武松在流放期間，
又因故殺害了張都監全家十五口，其後聽從十字坡黑店張青、
孫二娘之議，假扮出家的行者開始逃亡。過了蜈蚣嶺後難奈
饑餓與寒澈，遂擬在途中的酒店買酒喫肉，但好酒好肉卻已
被孔家的少莊主所訂走，以致只能討買到些許的酒，幾杯下
肚後氣憤難消，便大鬧酒店痛毆店家，並醉打號為獨火星的
孔亮。後因寡不敵眾被擒，解送回莊內問審，幸被及時雨宋
江識出而獲救。

主題：武松打店
店號：合　合
說明：聽從十字坡黑店張青與孫二娘之議，武松開始假扮出家人逃亡，在路過蜈蚣嶺的
　　　酒店時已經飢腸轆轆，卻因買酒買肉不成之下，氣得痛打店家主人與小二之一景。

醉打山門
Lu Chih-shen Fights at a Temple

《醉打山門》出自《水滸傳》，但劇情則是從《虎囊彈》中所改編而來。號稱「鎮關西」的軍官魯智深，因殺人之罪而潛逃到五台山，假扮出家人避禍逃亡。但時常因不耐酒癮發作，而私自下山買酒買肉來解饞。某次在痛飲兩大罈酒之後，仍然要求店家再送酒來，然而店家見其僧人形象、有辱佛門的威儀，實在看不過去之下，不願意成全其意志。於是魯智深在一氣之下，痛打了店家、砸毀了桌椅。之後又與人在山門外爆發衝突，就在打鬥之間毀損了山門。住持見其惡性實在難改、又不守佛門五戒清規，於是將他逐出山門，從此魯智深只好繼續流難他處逃亡，直到與武松相見之後落草為寇、直奔梁山泊。

主題：醉打山門
店號：列　記
說明：扮成出家行者、畏罪逃亡的魯智深，雖然暫棲五台山上，卻經常不
　　　耐酒癮而私自下山酗酒，店家見其有辱佛門清規與形象而拒絕，於
　　　是遭到性格暴烈的魯智深痛打，甚至在衝突之間毀損了佛寺的山門。

摘　印
Receiving the Seal

《摘印》是潮劇中特有的傳統劇目，其故事是描述北宋仁宗時，因北方要塞與邊關的戰事相當吃緊，八賢王遂派呼延贊帶兵出征，但因缺乏充足的戰將與兵源，只好向當時掌握兵權的權臣潘仁美借將。然而潘仁美卻是個狡詐奸佞、剛愎驕傲之人，但是個性又好大喜功、喜以被人逢迎拍馬，以致呼延贊掌握到這個弱點，經過一番吹捧與誇讚之後，潘仁美原本堅拒的態度便軟化，竟然慷慨答應而借出帥印點將。其後呼延贊立即升帳、正式開始點將，但是最先被點到竟然是潘仁美，只是他覺得莫名其妙而不予理睬；直到第三道的點將軍令傳來之後，這時潘仁美才感到事態的嚴重，慌忙地整裝上馬、前來到帥營報到。最後呼延贊仍是以藐視王法、怠慢軍令之罪，將潘仁美送入軍曹究辦。過去潮州人不僅喜歡該劇，甚至由此典故衍生出「專點潘仁美」之俗語，所謂「專點」之意，也就是迎合某人生活或工作上的所愛事物。

主題：摘　印
店號：財　記
說明：作品中的丑角人物，即是呼延贊所派出的說客，正以極盡諂媚的神態，
　　　對潘仁美百般誇讚與吹捧一番，希望能獲得應允而借出兵將出征。

主題：摘　印
店號：勝　記
說明：作品中的老生即是呼延贊，經過一番遊說成功之
　　　後，權臣潘仁美同意出借點將之用的兵符印信。
備註：根據田野所得，《摘印》人物多為一淨一丑，在
　　　本屏的老生文身扮相，應該就是呼延贊本人。

主題：摘　印
店號：揚　合
說明：呼延贊為了向權臣潘仁美借將出征，遂派人遊說及逢迎諂
　　　媚，藉以軟化潘仁美的態度，以成功借得帥印而點將借兵。

主題：摘　印
店號：揚　合
說明：呼延贊為了向權臣潘仁美借將出征，遂派人遊說及逢迎諂
　　　媚，藉以軟化潘仁美的態度，以成功借得帥印而點將借兵。

王茂生進酒
Wang Mao-sheng Offers Wine

〈王茂生進酒〉是來自傳統潮劇的特有劇目，相關的主題少
見於其他劇種的戲齣，至於典故則是來自薛仁貴征東故事的
後段。王茂生本人是以釀酒為業，早年薛仁貴在失意落魄時，
曾經接受其資助和照顧，於是兩人義結金蘭成為好兄弟。後
來獲悉薛仁貴凱旋而歸，並被敕封為平遼王時，為了提醒他
要飲水思源、不忘舊恩，便以水代酒偕同老妻一同前往祝賀。
來到平遼王府時卻受到門前的家僕所刁難，只好計稱這是「家
鄉酒」、要進獻給平遼王。王茂生用計進入王府之後得以拜
見，薛仁貴高興地收下獻禮，並率百官臣僚一起同飲，飲完
之後連稱：「好酒！」其他人喝完之後，明知這只是普通的水，
也一起附和：「好酒！」。是故，在潮州俗語中的「王茂生
進酒」，即尚有諷刺不明事理、隨便附和之意。

主題：王茂生進酒
店號：嘉　合
說明：以釀酒為業的王茂生，以故鄉水代酒，想要獻給凱
　　　旋而歸的薛仁貴將軍，但在門口被婢女所擋之一景。

主題：王茂生進酒
店號：照　合
說明：雖然王茂生是薛仁貴的故友，當要進酒獻給凱旋的薛仁貴
　　　將軍時，一介平民布衣的寒酸扮相，被門口的婢女所阻擋。

馬福龍賣箭
Ma Fu-long Sells Arrows

《馬福龍賣箭》與《李槐賣箭》的劇情類似，都是民間的傳統劇目。至於《馬福龍賣箭》的故事，是描述遠征西遼失利的元帥胡夢熊，為了蒐求得力的武將而微服訪到民間。另一方面來自名門之後的馬福龍，由於家道中落、窮途潦倒，只好在長街上變賣家傳的寶箭謀生，正好偶遇胡元帥，由於馬福龍相貌堂堂、看似身懷絕技般，為了試探馬福龍的武功究竟如何，遂幾番故意地羞辱，藉以逼迫他出手較勁。在經過比試與較量之後，確信馬福龍的武藝的確高強，於是邀請他投入麾下，一同共赴邊關殺敵、保國衛民。在民間社會又從該齣的潮劇情節中，延伸出「伯樂識千里馬」的典故。

主題：馬福龍賣箭
店號：朝 合
說明：遍訪名將的胡夢熊元帥，巧遇落魄的英雄馬福龍，為了謀生在街上變賣傳家寶
　　　箭，為了測知馬福龍的武藝為何，在刻意羞辱激怒之下，正與之比劃試藝之景。

金瓶梅
Jing Ping Mei

章回小說《金瓶梅》為明代以來的四大奇書之一，然而因於書內充斥性愛的描寫，瑣語淫詞、誨盜誨淫的情節更不止，於是從明代末年以來屢遭查禁焚毀，更遑論改編成為戲齣而公開表演。但是查者越查、禁者越禁，民間反而更加好奇而窺探，所以衍生淫穢之戲亦不無可能。至於創作《金瓶梅》的藍本，卻又是從另一本章回小說《水滸傳》改編而來，不過在《水滸傳》之中，只描述到西門慶勾引潘金蓮，並在二人姦情敗漏之下，毒殺潘金蓮之夫武大郎，直到武松為了報仇而誅殺一干人，然後展開逃亡至落草為寇。但是在《金瓶梅》之中，卻是從武大郎被毒殺之後，延伸到潘金蓮嫁入西門慶，然後開展西門慶如何淫亂致死，這些後續增加的情節都與《水滸傳》無關。但不論如何，經由小說與戲曲所杜撰出來的西門慶與潘金蓮，其姦夫淫婦的形象，已經在民間社會留下深刻的印象。

主題：西門慶與潘金蓮
店號：福合
說明：作品中扮扮花俏、行為輕挑的小生，即是風流成性的西門慶，正與衣衫不整的小旦潘金蓮調情對戲。
備註：生角右手原有執扇，現已缺佚，另外該屏作品，應該是放置於夫妻房，增進房中秘戲之用。

神如在

繩繩玉盞耀千年

繼繼金爐香百代

穆柯寨
Mu Ke Jai

傳統戲齣《穆柯寨》改編自元代小說《楊家將》，至於穆桂英與楊宗保的故事，更是在民間膾炙人口。北宋年間契丹人犯邊，楊六郎楊延昭為了要破天門陣，特請其兄楊五郎楊延德協助，五郎告知需要以「降龍木」所作的斧柄才能破陣，但是現存於穆柯寨中。於是六郎命孟良與焦贊前去索取，卻被寨主之女穆桂英所打敗。焦孟二人向六郎之子楊宗保求助，楊宗保應允前去穆柯寨叫陣，結果不敵而被穆桂英所擒，即使孟良放火燒山搭救，仍被穆桂英以分火扇所熄滅。另一方面，穆桂英看中楊宗保一表人才，心生愛慕主動願以身相許，兩人遂決定共結連理。然而驚聞愛子被俘的楊延昭，緊急率兵前來穆柯寨搭救，但是仍被穆桂英所大敗，所幸楊宗保及時趕到，說明原委之後才阻止了這場公媳之間的意外之戰。但是戰敗的楊延昭惱羞成怒，氣得要以違反軍令斬殺楊宗保，之後便接上了戲齣《轅門斬子》的劇情。其後索性化險為夷，穆桂英也成為楊家將的女元帥，因此也有更完整的《穆桂英掛帥》之戲齣。

主題：穆桂英與楊宗保
店號：發　合
說明：武藝高強的穆桂英，在戲曲中是屬能打能唱
　　　的刀馬旦，另外搭配的是武生楊宗保，二
　　　人共結連理，成為楊家將之中的中流砥柱。

樊梨花
Fan Li-Hua

傳統戲齣《樊梨花》改編自清代小說《征西全傳》，由此可見樊梨花是相當晚近所虛構的女豪傑，相關的戲齣還有《白龍關》和《寒江關》等。相傳唐代時期的西涼對朝廷叛附不定，於是派出薛仁貴、薛丁山父子率兵征西。然而卻遭遇到女將樊梨花所阻，由於自幼跟隨驪山老母習藝，不但武藝高強、還會排山倒海的法術。因此薛丁山絕非樊梨花的對手，屢次戰敗而被擒，但是樊梨花卻對薛丁山心生愛慕，於是演出一場「陣上招親」的戲碼。其後樊梨花相許成親之後願意歸順大唐，同時成為征西大軍的主將，協助薛丁山完成平西之役、成就一番事業，並且保衛了大唐的江山。

主題：薛丁山與樊梨花
店號：元　合
說明：從旦角的鳳冠、霞披和靠服款式，以及冠下二道毛皮冠式扮相，
　　　即可推知為番邦的女將樊梨花，另一位年輕的武生則是征西少帥
　　　薛丁山，二人在一場陣上招親之後，共結連理、完成平西大業。

偶陶畫戲
潮汕彩繪翁仔屏泥塑展

關公辭曹
Kuan Kung Takes Leaves of Tsap Tsao

〈關公辭曹〉的劇情改編自《三國演義》，相關戲齣還有《古城會》、《掛印封金》及《過五關》等。建安五年（196）關羽兵敗被曹操所生擒，由於曹操向來敬重關羽的氣慨，希望能收於自己的麾下，是故致贈厚禮、虛位偏將軍以待。但關羽為保護劉備二位夫人，以及不違背桃園三結義之下，約定三事而降，分別是：降漢不降曹、確保二位嫂夫人安全，以及得知劉備消息後立刻告辭。於是「身在曹營、心在漢」之下，關羽暫時投靠了曹操的麾下、並曾為曹營效力而出兵，斬殺了袁紹的文醜和顏良等名將。其後當得知大哥劉備的去向之後，遂決定「掛印封金」、正式向曹操辭行。後來曹操假借餞別之名，率許褚、張遼守在灞陵橋，並欲以毒酒加害，關羽識破後怒斥其詐，遂沿路殺出各守關與隘口，也就是著名的過五關斬六將，直到古城與劉備、張飛相會。

主題：關公辭曹
店號：發　合
說明：關羽正式向曹操辭行，並表明回歸漢營
　　　的決心，當下使得曹操不知所措，但其
　　　內心已經開始盤算如何阻擋與暗算之計。

過五關
Fighting to get Through Five Passes

傳統戲齣《過五關》的劇情是緊接在〈辭曹〉之後,相關戲
齣還有《古城會》、《掛印封金》及《過五關》,其故事均
改編自《三國演義》。投效於曹操麾下的關羽,自從得知大
哥劉備的去向,遂「掛印封金」正式向曹操辭行。然而曹操
心想:「你不為我所用、我必殺你無疑。」於是假借設宴送
行款待,另一方面下令許褚、張遼守住灞陵橋,並在宴會中
欲以毒酒加害,但是詭計都被關羽所識破,頓時斥責耍詐:
「我無殺你之意,你卻有滅我之心。」於是帶領二位嫂夫人
延路殺出重圍、過關斬將,共計通過五關、斬下六位將領之
首級。直到古城與劉備、張飛等人相會。

主題：過五關
店號：發　合
說明：在關羽帶領二位夫人離開曹營的過程中，揮舞起青龍偃月
　　　刀過關斬將，眉宇之間充滿殺氣，擺出架式而大開殺戒。

三娘挑經
San-niang Carries Buddhist Sutra

《三娘挑經》是潮劇特有的戲齣，相承於民間傳說中的妙善公主，但遍查之後並無具體的典故，唯一較通行的版本是《南海觀音菩薩出身修行傳》。在南北朝時期的北周宗室妙莊王，生有三個如花似玉的女兒，其中妙善排行第三，故又別名為三娘。她從小就虔心禮佛、一心想要出家度化眾生。但是對她疼愛有加的妙莊王，不僅不從其所願，還刻意為她招親、消除學佛出家的念頭。然而妙善執意不從這門親事，進而離家修行、受盡各種譏毀與苦難，甚至被其父王所害。但不論如何，妙善不僅一一克服各種挑戰，最終亦還魂回到人間，繼續在人間廣布弘法、度化眾生，直至成就了觀世音菩薩的功德願力。

主題：三娘挑經
店號：取　合
說明：一心向佛、虔心修行的三娘，肩挑著佛經，正向冥
　　　頑不靈的眾生，開示佛法真諦、廣佈因緣與善念。

主題：三娘挑經
店號：貳　合
說明：從皇宮出走、遁入山林苦行的三娘，以正信
　　　佛法的真諦，向冥頑不靈的眾生開示說法。

趙匡胤
Chao Kuang-ying

本屏雖不知戲齣的出處為何，但從黃色龍袍、紅淨白眼的扮相
中，推知即是一位亦正亦邪評價的皇帝，在潮劇戲齣當中以皇
帝身分出現比例最高的，正是宋代的開朝皇帝趙匡胤。然而在
潮劇中常見趙匡胤的題材，不知是否來自戲齣中的《下河東》
（《鄭恩下河東》），或是《杯酒釋兵權》。至於潮州人對於趙
匡胤的腳色，其實普遍的評價並不高，因此在潮汕地區流傳著
一句熟語：「有情有義劉關張、無情無義柴趙鄭。」與東漢末
年桃園三結義的劉備、關羽及張飛相較起來，五代末年的柴
榮、趙匡胤及鄭恩之間，就沒有什麼情義可言了。因為後周世
宗柴榮一駕崩之後，統領中央進軍殿前都檢點的趙匡胤，便發
動了陳橋兵變、黃袍加身的戲碼，然後奪得後周王朝的權位而
登基稱帝。心知肚明的趙框胤，為了防止諸將跟他一樣歷史重
演，於是藉由「杯酒釋兵權」的方式，除去了開國功勳名將的
軍事權力，就連他的結拜兄弟鄭恩也是不放過。

主題：趙匡胤
店號：欣　合
說明：身穿龍袍的宋太祖趙匡胤，假藉酒宴的機會卑躬屈
　　　膝、曉以大義，然後趁機解除了功臣勳貴的兵權。
備註：關於趙匡胤為題的翁仔屏共計二組，都是欣合所出
　　　品，只是分為尺寸大小之二組。就陶塑工藝而言，
　　　尺村越小反而技藝越困難，整體作品越精緻。

主題：趙匡胤
店號：欣　合
說明：說明：身穿龍袍的宋太祖趙匡胤，假藉酒宴的機會卑躬屈膝、曉以大義，然後趁機解除了
　　　功臣勳貴的兵權。
備註：根據潮汕當地尚存的翁仔屏，兩人之間除有一張桌案之外，桌上還留有酒杯、酒瓶等配飾。

秦香蓮
Ching Shiang-lien

《秦香蓮》的劇情是來自傳統戲齣的《鍘美案》，相傳北宋時期的均州士子陳世美，赴京趕考後高中狀元，並入贅皇家成為駙馬爺。其妻秦香蓮苦等丈夫三年，仍然是杳無音信，再加上故鄉連年荒旱、父母飢餓貧病而亡，於是秦香蓮帶著兒女出走，歷經千里之後抵達京城去尋夫，從旅店主人始得知其夫陳世美，已經中狀元而入贅了皇家。滿懷期待的秦香蓮來到駙馬府，卻因陳世美不願事跡敗露，而絕情地將她趕出。此事被丞相王延齡得知後，故意在陳世美舉辦壽筵的期間，教秦香蓮冒充為賣唱的藝妓，隨王延齡進入駙馬府，藉由彈唱來勸說陳世美回頭。然而陳世美始終不為所動，並且暗中派人刺殺秦香蓮母子滅口，然而當刺客得知秦香蓮的委屈之後不忍殺害，於是放走秦香蓮母子再自刎而亡。恨夫無情的秦香蓮，具狀向開封府包拯告發陳世美殺妻之罪事。其後在陳世美的百般強辯、皇親國戚的阻撓之下，包拯仍然秉公辦案判定死罪，最終以銅鍘將陳世美處死。

主題：秦香蓮與陳世美
店號：瑞　合
說明：由於高中狀元並入贅成為駙馬爺的陳世美，抵死不認親、絕情驅趕秦香
　　　蓮，於是秦香蓮聽從丞相王延齡之計，假扮賣唱的藝妓趁駙馬爺壽宴混入，藉由彈唱說教之間勸
　　　說陳世美。只不過陳世美依然故我、不為所動，還私下派人殺害秦香蓮母子以滅口。

拾玉鐲
Picking up the Jade Bracelet

《拾玉鐲》是來自傳統京劇的戲齣,而且是以小旦為主的表演,強調做工細膩的內心戲。故事描述乖巧的少女孫玉姣,平日幫忙母親養雞賣雞維生,同時還會一手絕活的女紅。某日忙完家務事之後,孫玉姣專心於刺繡,卻吸引了從旁路過的青年書生傅朋,藉口買雞想多認識她。孫玉姣則以母親不在,請他到別處買之後,孫玉姣連忙進屋去。於是傅朋跟隨進屋道謝後,故意把玉鐲放在地上做為見面禮。不知情的孫玉姣也對傅朋心有所感,隨之開門想多偷看一眼,左看右看之下雖不見蹤影,突然腳下踩到的竟是一隻玉鐲。嬌羞的孫玉姣撿起這隻玉鐲,隱藏不了情感的喜悅,被劉媒婆識破之後,於是促成了這門現成的因緣。

主題：拾玉鐲
店號：盛　記
說明：嬌羞的孫玉姣以母不在家而謝客，書生傳朋故意
　　　留下玉鐲子在地上，從此成為戀情發展上的起點。

荊釵記
The Story of a Hairpin

《荊釵記》是屬於南戲系統的傳統劇目,故事敘述一位窮苦的書生王十朋,某日與千金小姐錢玉蓮相遇,兩人在情投意合之下遂以荊釵為聘,約定他日取得功名後錢來迎娶。奈何當地的巨富惡霸孫汝權,執意向錢府強取婚嫁,但錢玉蓮寧死不從而下嫁以荊釵為聘的王十朋。其後王十朋果然高中狀元,卻遭丞相万俟逼婚為婿,因為不從其命而遭報復,故意派往當時還是蠻荒偏僻的潮陽任職判官。同時惡霸孫汝權取得王十朋的家書,暗地竄改為休妻之書信,導致錢玉蓮受騙上當,再加上錢玉蓮的後母,也順勢逼她改嫁孫汝權。為此,錢玉蓮既不從改嫁,但也因傷心欲絕而投河自盡,所幸被福建安撫使錢載和所搭救,並收錢玉蓮為義女。玉蓮以為十朋亡故。多年之後,王十朋改調吉安擔任太守,某日前往道觀設醮追思亡妻玉蓮,正好錢玉蓮前去吉安道觀拈香,於是王、錢二人相遇終於團圓。

主題：荊釵記
店號：嘉　合
說明：千金小姐錢玉蓮，因不從地方巨富孫汝權的強
　　　求婚事，而下嫁以荊釵為聘的貧苦書生王十朋。

遊龍戲鳳
The Emperor's Romance

《遊龍戲鳳》又名為《梅龍鎮》，不獨是京劇中的傳統戲齣，也在江南地區的黃梅戲中相當盛行。相傳明武宗正德皇帝性好漁色、經常微服出遊，某日來到梅龍鎮上投宿於李龍經營的客店，並吩咐其妹李鳳看店招呼客人。由於正德皇帝厭膩了后宮佳麗的濃妝艷抹，看到只有淡妝輕描的李鳳，卻展露出麗質天生的年輕氣息，使得正德皇帝看得意亂神迷、情不自禁，於是假借呼喚酒菜、招來服務的機會搭訕，正式展開一場游龍戲鳳的精彩對手戲。至於生性活潑卻又帶點嬌羞的李鳳，也在欲拒還迎的情況之下，二人最終產生了情愫與感情。當正德皇帝揭示真實的身分時，著實讓李鳳既驚又喜，在得以攀龍附貴的憧憬與幻想之下，願意嫁入宮廷受封為後宮嬪妃，只可惜最後不幸地死於返回京城的半路上。

主題：遊龍戲鳳
店號：德　記
說明：微服出遊的正德皇帝，投宿梅龍鎮上的酒店，藉由招喚女店主李鳳的服務，
　　　趁機搭訕與調情，於是展開一場精采的對手戲，由中產生了情愫與感情。

二進宮
Entering the Palace Twice

《二進宮》是來自傳統劇目《龍鳳閣》,在潮州的《百屏花燈》歌冊中,亦有「國公打李良」,國公即是指徐延昭。其劇情是講述明穆宗意外駕崩、太子又年幼即位,遂由皇后李艷妃垂簾聽政。但野心勃勃的李后之父李良,託辭願意分憂解勞,建議先將皇位暫時由他託代,直至太子成長後再交還大明江山。當時李后礙於父女之情、並相信父親的忠誠,於是下詔讓位。此事引起了定國公徐延昭,和兵部侍郎楊波等人的強力反對,同時在龍鳳閣中嚴詞諫阻,奈何李后執迷而不聽規勸。誰知李良奪得皇位之後,竟將女兒李后打入冷宮監禁起來。於是徐延昭及楊波等二位老臣,冒險進入冷宮探視李后並曉以大義,在得悉整個詳情之後共商大計。其後遂由楊波率領兵將殺入朝廷,推翻篡位的李良、救出李后,以及重新讓皇太子復位。

主題：二進宮
店號：德　記
說明：忠臣元老徐延昭冒死進入冷宮，探視聽信父親謊言而被監禁的皇后
　　　李艷妃，在曉以大義之後，決定用計推翻其篡奪皇位的父親李良。

程嬰救孤兒
Cheng Yin Saves the Orphan

《程嬰救孤兒》是來自元代雜劇的《趙氏孤兒》，但故事背景可推溯至春秋時期的《左傳》，改編其中所載之晉國「下宮之難」的事件。當晉國大夫趙盾被奸人屠岸賈所誣陷，慘遭抄家滅族之禍時，趙盾之子趙朔原本為駙馬爺，但也因此而遭受到波及，在自盡之前囑咐已懷有身孕的公主，若生下兒子時則命名為趙氏孤兒，希望長大後能為全家報仇。公主生下趙氏孤兒之後託付給忠僕程嬰，旋即自縊而死。趕盡殺絕的屠岸賈也不放過駙馬府，繼續派人追殺趙氏一族，包括剛剛誕生的趙氏孤兒。屠岸賈下令若不獻出這個趙氏孤兒，則將殺盡國內半歲以內的小嬰兒。程嬰為恐傷及更多的無辜，於是以自己幼兒冒充趙氏孤兒獻出，另一方面私下為趙氏孤兒改名換姓、撫養成人。直到孤兒長大之後，程嬰告知其真實的身世，使得趙氏孤兒氣憤填膺，最後為滅門事件一報血海深仇，之後恢復本姓而名為趙武。

主題：程嬰救孤兒
店號：照　合
說明：忠僕程嬰受主人之託，為了保住趙家唯一的血脈骨肉，不惜獻出自己的
　　　小孩冒充受死，並且親自撫養幼主長大成人、以報備滅門的血海深仇。

打韓昌
Fighting Han Chan

《打韓昌》是一齣強調武藝高強的武旦戲,其實在這之前還有
《打孟良》與《打焦贊》的插曲,故事題材均來自傳統戲齣《楊
門女將》。故事是描述佘太君掛念鎮守三關的六郎楊延昭,已經
多日未傳有捷報而擔心戰狀,沒想到這時傳來了六郎兵敗被圍的
消息。於是緊急登上點將台,徵求眾將官誰可率兵前去營救,沒
想到出來應聲的,竟是佘太君身旁的年輕丫環楊排風,孟良看到
這位黃毛丫頭非常不以為意,就在眾人激將之下二人展開比武,
結果孟良的雙板斧,被楊排風的青龍寶棍打得落花流水。於是由
楊排風率領救兵,前去三關的帥營拜見楊延昭,著實讓邊關守將
驚訝不已。另一猛將焦贊同樣對她輕視,然孟良已知楊排風的武
藝高強,故意想看焦贊出糗的模樣,遂慫恿二人過招比武一下。
於是焦贊掄起雙棍對戰,同樣又是大敗於楊排風的青龍寶棍,讓
焦贊既羞愧又不得不佩服。最後,由楊排風領軍前去攻打韓昌,
連同大破前來增援的遼軍元帥耶律休哥。

主題：打韓昌
店號：照　合
說明：楊排風雖然只是佘太君身旁的丫環，但是練就一身高強的武藝，尤其一手
　　　青龍寶棍法，接連大敗輕視她的孟良、焦贊，以及遼軍的韓昌與耶律休哥。

倒銅旗
Ching Chong Pulls Down the Bronze Flagpole

傳統戲齣《倒銅旗》又名為《東關嶺》，劇情是改編自《隋
唐演義》。其故事乃描寫唐朝的開國名將秦瓊，奉命率兵攻
打隋軍駐守的泗水關，當時守關的主要大將名叫楊林，擺下
了難以攻克的銅旗陣，同時還商請隋軍的另一猛將羅成前來
助陣。然而羅成私下卻與秦瓊具有表兄弟的親戚關係，於是
在臨行之前向母親稟告，表兄秦瓊將領軍前來銅旗陣破陣。
此時羅母則勸誡羅成應該棄暗投明、歸順大唐，必須暗中襄
助秦瓊破陣。當二軍正式對峙開戰之後，羅成假命銅旗的守
將東方白與東方紅二人，無須主動進擊出戰、也勿亂箭傷人，
自己則突然倒戈和秦瓊裡應外合，結果銅旗俱倒、最後大破
猶如銅牆鐵壁般的銅旗陣。

主題：秦瓊倒銅旗
店號：照　合
說明：秦瓊雙手持「鐧」（現已缺佚），奮力刺向銅旗陣的守將東方紅或東方白。至
　　　於「鐧」是一種長而無刃、四面成菱形的兵器，雖非立即取人性命，但可傷殘
　　　敵人的身體，故名為「殺手鐧」。與羅成所擅用的「回馬槍」，號稱二大兵器。

十三妹
Shih San Mei

《十三妹》的武旦主角並未紮靠著甲，跳脫了傳統的武旦扮相，因為這是取材清末民初流行的武俠故事《兒女英雄傳》，甚至還被改編成較新的京劇戲齣。其故事是描述女俠何玉鳳，原本是一名武將的女兒，因其父親遭人誣陷而判死，於是化名為十三妹遊走江湖、行俠仗義並伺機報仇。某天在旅店遇見一名攜帶鉅財的客人，但已被歹徒覬覦而準備奪財害命，於是尋到這名客人問明來由，始知是淮陽縣令安學海之子安驥。因其父親得罪上司而被參，必需繳付鉅額銀兩才能贖罪，所以攜帶三千兩銀子準備前往淮陽營救。何玉鳳聽完詳情之後，因和自己的遭遇而心生同情，於是願意出手幫助，除了協助籌資之外並一路護送到淮陽。只是在半路上安驥走錯路、誤進盜匪聚居的能仁寺，於是何玉鳳隻身趕來搭救，衝進能仁寺內殺遍匪徒，救出了安驥以及被押在寺中的農家女子張金鳳一家。就在何玉鳳的撮合之下，為安驥與張金鳳結成姻緣，繼續護送他們抵達淮陽。

主題：俠女十三妹
店號：照　合
說明：擁有俠義之風的十三妹何玉鳳，其見義勇為、行俠
　　　仗義和為民除害的故事，曾在清末民初廣為流傳。

李唔直撬水雞
Li Wu-chih Catches Frogs

「李唔直撬水雞」是取材當地民間故事的時裝劇，所謂「撬
水雞」也就是捉青蛙之意。當地的富員外張百萬生有三位女
兒，前面兩位女兒聽從父母之言，均以媒妁嫁入富貴人家，
是謂「享父福」；唯獨三女兒不依，自信將來可以「享夫福」，
張百萬為懲罰其不順從父意，故意將她嫁給靠捉青蛙維生的
李唔直。婚後夫妻相愛、克儉持家，並生有一子，名為門環。
某日李唔直在青蛙洞內，發現了大批的金銀，這時候神仙突
然出現，言之這些是要賜給其貴子李門環。時值張百萬的壽
誕，李唔直一家攜提青蛙做為賀禮，被丈人及二位姐夫譏笑，
待李唔直從竹簍內倒出金銀時，反讓譏笑者啞口無言，更讓
李唔直夫婦一時揚眉吐氣。潮州人相當喜愛這齣時裝喜劇，
並以「喜門環」來代表喜獲貴子之意，是最受歡迎的吉祥賀
禮之一。至於類似的故事題材，曾經在六０年代被台灣電視
改編成連續劇。

主題：李唔直撬水雞
店號：勝　合
說明：靠捉青蛙為生的李唔直，從洞內探出頭來，告訴愛妻內有許多金
　　　銀財寶，並轉述了神明所說，這些財富都是要賜給兒子李門環。

主題：李唔直擡水雞
店號：仁　記
說明：李唔直在捉青蛙時，發現洞內滿滿的金銀財寶，旋即回家
　　　告知妻子，並轉述神明說這些財寶，都是小孩李門環所有。

主題：李唔直攪水戲
店號：勝　合
說明：靠捉青蛙維生的李唔直，從洞內探出頭來，告訴愛妻內有許多金
　　　銀財寶，並轉述了神明所說，這些財富都是要賜給兒子李門環。

財子壽
Three Gods of Longevity, Prosperity and Fertility

「財子壽」的戲曲人物搭配，是出現在一般戲曲開演之前的
「扮仙戲」，是故潮劇亦不能免俗，在開場戲時透過三位神
仙人物做為戲齣主要腳色，並從其神仙人物的屬性，達到「財
子壽」等吉祥意義的象徵代表。例如位居正中央的是天官賜
福，代表福祿或財神的「財」；位在天官的右手邊，手抱貴
子者代表送子的「子」；至於天官的左手邊，是一位以南極
仙翁的形象為主，則代表長命百歲的「壽」。這三者合稱為
「財子壽」，或是「三星高照」，都是民間相當喜愛的吉祥
祈福的題材，除了戲齣的開場戲、翁仔屏的作品之外，也會
出現在傳統廟宇的脊堵裝飾上。

主題：財子壽（三星高照）

店號：揚　合

說明：本屏的三位腳色均應屬於老生，只有天官是以坐騎呈現，但因年代久
　　　遠，唇鬢處的紫髯鬎鬍鬚都已脫落，故而現有形象上與腳色的原貌不同。

主題：財子壽（三星高照）
店號：發　合
說明：本屏的三位腳色均應屬於老生，天官賜福部分採取抬腿、片腿和跨步，十
　　　足的舞台亮相之姿，但因年代久遠，三位人物的鬍鬚紫髯大都已經脫落。

索 債
Demanding Repayment

「索債」是非傳統戲齣的時裝劇，至於詳細的題材典故待考，有可能是反映現實生活的寫實性作品。其故事年代應與現代較為接近，故而人物穿著與肢體展現的動態，和傳統戲曲中的人物或身段無關，反倒類似取材於現代時裝劇，或民國初年的時代背景。

主題：索　債
店號：勝　合
說明：作品中狀似掌櫃的就是債主，手持帳冊神情激動，一派非要回債款不可；另一
　　　方卻是衣不蔽體的窮乞丐，手撫空腹表示已經饑寒交迫，道出要用什麼來還債
　　　的無奈。乞丐的無奈，和債主的激動神情對比起來，又構成有趣的對應關係。

調　停
Reconciliation

本屏中為二丑一老生之扮相，老生居於中間調停事端，唯因
無任何題記可資考據題材。此屏作品最能展現「潮丑」的寫
實特性，不論五官神態與情緒反映，都具現了現實人生的特
性。其中一位怒不可遏、作勢動粗，另一位亦不甘示弱、據
理力爭；老生則居間調停，為兩位劍拔弩張的丑角緩頰。

主題：調　停
店號：發　合

仗　義
Upholding Justice

本屏是類似一齣路見不平、教訓地痞惡棍之情節，唯因無任
何題記可資考據題材。在傳統戲曲中的丑角身份，有些是機
智過人的正派人士，有些則是舉止違常或品格低下的地方小
人物，故常被藉用在地痞惡棍的身份表現。在作品中有一位
丑角，正好被老生踢中下懷，以致眼歪嘴斜痛苦不已，躲在
背後的丑角則緊張地閃躲，深怕也被踢中一腳。由於潮劇之
中的丑戲最具特色，此點也促使翁仔屏的丑角人物製作更加
出色。

主題：仗　義
店號：猷　合
說明：居中出手攻擊的生角，在臉部留有鬚
　　　鬚的孔洞，故原貌應為老生之扮相。

調　停
Reconciliation

確實主題與戲齣來源不明，但從三人的互動之間，宛似一場糾
紛的仲裁調停。此屏最大特色在於三位都是丑角人物，一邊是
嗔目咆嘯、神情激動，一付非討回公道不可的態勢；另一邊狀
似做小買賣的生意人，則顯露出這個糾紛與他沒有關係，於是
滿臉的無辜與無奈；居於中間的調停人，則力作鎮定，努力排
除火爆的衝突。雖然主題人物的社會階層不高，甚至是乞丐或
遊民，但就肢體與神態的表現來看，最能夠反映庶民化的生活
實景，因此是大吳翁仔屏中最生動的一屏作品。

主題：調　停
店號：猷　合
說明：居中調解紛爭的丑角，不僅是一位街上的遊民，還刻意誇
　　　大浮腫的左腳，具體地將市井底層的社會寫實表現出來。

國家圖書館出版品預行編目（CIP）資料

偶陶畫戲：潮汕彩繪翁仔屏泥塑展 / 國立歷史博物
館編輯委員會編輯 . -- 初版 . -- 臺北市：史博館，
民 105.05
　面；　公分
ISBN 978-986-04-8809-8(平裝)

1. 泥塑 2. 作品集

939.1　　　　　　　　　　　　105008958

發 行 人	張譽騰	Publisher	Chang Yui-Tan
出 版 者	國立歷史博物館	Commissioner	National Museum of History
	10066 臺北市南海路 49 號		49, Nan Hai Road, Taipei, Taiwan R.O.C. 10066
	電話：886-2-23610270		Tel : 886-2-23610270
	傳眞：886-2-23610171		Fax: 886-2-23610171
	官網 : www.nmh.gov.tw		http:www.nmh.gov.tw
編 輯	國立歷史博物館編輯委員會	Editorial Committee	Editorial Committee of National Museum of History
主 編	江桂珍	Chief Editor	Kuei-Chen Chiang
執行編輯	郭沛一	Executive Editor	Kuo Pei-Yi
專文作者	林保堯、沈海蓉、王麗嘉、陳奕愷	Essay Authors	Lin Pao-yao　Shen Hairong Wang Li-Jia Chen Yi-kai
作品撰寫	陳奕愷	Work Description	Chen Yi-kai
美術設計	商希杰　顧佩綺	Art Designers	Jay Shang　Koo Pei-Chi
攝 影	經典攝影工作坊　陳漢元	Photographers	Jing-Dean Commercial Photograph Chen Han-Yuan
翻 譯	萬象翻譯股份有限公司	Translators	Linguitronics Co.,Ltd.
總 務	許志榮	Chief General Affairs	Hsu Chih-jung
會 計	劉營珠	Chief Accountant	Liu Ying-chu
印 製	四海電子彩色製版股份有限公司	Printing	Suhai Design and Production
出版日期	中華民國 105 年 5 月	Publication Date	May 2016
版 次	初版	Edition	First Edition
其它類型	本書無其它類型版本	Other Edition	N/A
定 價	新臺幣 1000 元	Price	NT$1000
展 售 處	國立歷史博物館博物館商店	Museum Shop	Museum Shop of National Museum of History
	10066 臺北市南海路 49 號		49, Nan Hai Rd., Taipei, Taiwan , R.O.C. 10066
	電話：02-23610270#621		Tel: +886-2-2361-0270#621
	五南文化廣場台中總店		Wunanbooks
	40042 臺中市中山路 6 號		6, Chung Shan Rd., Taichung, Taiwan , R.O.C. 40042
	電話：04-22260330		Tel: 886-4-22260330
	國家書店松江門市		Songjiang Department of Government Bookstore
	10485 臺北市松江路 209 號 1 樓		209, Songjiang Rd., Taipei, Taiwan , R.O.C. 10485
	電話：02-25180207		Tel: 886-2-25180207
	國家網路書店		Government Online Bookstore
	http://www.govbooks.com.tw		http:// www.govbooks.com.tw
統一編號	1010500815	GPN	1010500815
國際書號	978-986-04-8809-8 (平裝)	ISBN	978-986-04-8809-8 (pbk)

展品著作人 : 呂吟詩　著作財產權人：國立歷史博物館
◎本書保留所有權利。
欲利用本書全部或部分內容者，須徵求著作人及著作財產權人同意或書面授權。
請洽本館展覽組（電話：02-23610270）
The copyright of the catalogue is owned by the National Museum of History.
All rights reserved; no part of this publication may be used in any form without the prior written permission of the Artist and Publisher.